내가 생각한 인생이 아니야

내가 생각한 인생이 아니야

류시화

수오서재

우리는 혼자가 아니라는

사실을 알기 위해 책을 읽는다

J. D. 샐린저는 『호밀밭의 파수꾼』에서 주인공 홀든 콜필드를 통해 이야기합니다.

"내가 가장 좋아하는 책은 읽는 사람을 이따금 웃게 만드는 책이다. 그리고 나를 감동시키는 책은, 다 읽고 난 후에 그 책을 쓴 작가가 나의 친한 친구가 되어 내가 원할 때면 언제든 전화할 수 있으면 얼마나 좋을까 하는 기분이 들게 하는 책이다."

작가가 누리는 즐거움은 이렇듯 독자가 자신의 책을 읽고 '나와 같은 생각을 하는 사람이 있네.' 하고 공감대를 느낄 때입니다. 그리고 책을 읽는 동안 "마치 당신의 목소리로 옆에서 직접 읽어주는 것 같은 그런 느낌을 받는다."라고 말하는 독자는 더 이상 타인이 아닙니다.

글을 읽고 공감하는 독자는 연인보다 동지입니다. 그 이유는 동지가 더 뜨겁기 때문입니다. 내 글 읽은 사람을 만날 때 나는 같은 길을 여행하는 동지애를 느낍니다. 시인 파블로 네루다가 여행 중에 칠레의 탄광에 들른 적이 있습니다. 그때 갱도에서 일하는, 얼굴에 석탄 때 잔뜩 묻은 광부가 다가와 네루다를 와락 껴안으며 외쳤습니다.

"당신을 오래전부터 알고 있었어요!"

이런 동지 말입니다.

F라는 필명으로 활동하는 일본 작가는 '같은 책을 한 권만 읽어도 대화가 가능하다.'라는 출판사 광고를 인용하며, 한 권이 아니라 여러 권의 같은 책을 읽었다면 별다른 말 주고받지 않아도 서로를 깊이 이해할 수 있을 것이라고 썼습니다.

"처음부터 말이 통하는 사람과는 같은 책을 읽었을 가능성이 높다. 그리고 처음부터 전혀 말이 통하지 않는다면 상대방이 책을 전혀 읽지 않았을 가능성이 크다. (중략) 가능한 한 책을 많이 읽는 것이 좋다. 같이 읽은 책의 수만큼 말과 고독이 통하는 사람의 수가 많아질 것이기 때문이다. 그리고 재미있는 책을 만나면 되도록 많은 사람에게 그 책을 추천하는 것이 좋다. 이것이 단절되어 가는 세계에 대한 최선의 저항 수단이다."

그리고 노벨 문학상을 수상한 튀르키예 소설가 오르한 파묵은 말합니다.

"주머니나 가방에 책을 넣고 다니는 것은 특히 불행한 시기에 당신을 행복하게 해 줄 세계를 넣고 다니는 것을 의미한다."

지금 이 책을 읽는 당신과 나는 단순히 같은 책 한 권 읽는 정도가 아니라, 글 쓴 작가와 그 글 읽는 사람의 더할 수 없이 돈독한 사이입니다. 당신과 나의 고독이 통해서 두 고독이 환해지고 두 세계의 접점이 이루어지기 때문입니다. "어떤 사람은 당신을 미소 짓게 하고, 많은 사람은 당신을 울게 만들 것이다. 그러나 가장 특별한 사람은 당신을 울게 하면서 웃게 하는 사람이다." 여기서 '사람'을 '책'으로 바꿔 읽어도 통하는 말입니다.

『나니아 연대기』를 쓴 C. S. 루이스는 "우리는 혼자가 아니라는 사실을 알기 위해 책을 읽는다."라고 했습니다. 혼자가 아니라는 사실은 중요합니다. 한 남자가 시골길을 운전하며 가던 도중, 주위 풍경에 한눈팔다가 차가 진흙 웅덩이에 빠졌습니다. 어떻게 해도 차바퀴가 헛돌 뿐 빠져나올 수 없었습니다. 그래서 근처 농장에 가서 농부에게 도움을 청했습니다. 농부는 들판에 있는 노새 한 마리를 가리키며 말했습니다.

"워릭이 차를 웅덩이에서 꺼내 줄 수 있을 거요."

남자는 늙은 노새를 쳐다보고는 같은 말을 반복하는 노인을 다시 쳐다보았습니다. 하지만 시도해서 잃을 건 없다고 생각했습니다. 농부는 밧줄로 노새 워릭과 자동차를 연결했습니다. 그러고는 고삐를 잡고 노새를 잡아당기며 소리쳤습니다.

"당겨, 프레드! 힘껏 당겨, 잭! 온 힘을 다해 당겨, 테드! 너도 힘껏 당겨, 워릭!"

그러자 놀랍게도 노새는 별로 힘들이지 않고 차를 웅덩이에서 끌어냈습니다. 남자는 믿기지 않아서 노새의 등을 두드려 주고 농부에게 감사 인사하며 묻습니다.

"노새는 한 마리인데 왜 워릭 이름을 부르기 전에 다른 이름들을 계속 외치셨어요? 이 노새의 이름이 여럿인가요?"

농부가 웃으며 말합니다.

"아니오. 워릭은 늙어서 눈이 보이지 않는다오. 하지만 자신이 다른 노새들과 함께 일하고 있다고 믿으면 어떤 무거운 것도 끌수 있소."

글쓰기는 고독한 일이지만, 미지의 독자가 있음을 믿으면 그 고독이 힘을 얻고 문장이 빛을 발합니다. 전달된다고 믿지 않으면 작가는 글을 쓸 수 없습니다. 이 책이 웃음과 감동을 선사하는, 그래서 저에게 언제든 전화를 걸고 싶게 만드는 그런 책이 되길 바랍니다. 하지만 정작 그렇게 말한 샐린저는 독자와의 만남을 기피하는 괴팍한 성격으로 유명했습니다.

"자, 당겨, 샐린저! 힘껏 당겨, 네루다! 더 힘을 실어, 루이스! 온 힘을 다해 당겨, 류시화! 진창에 빠진 '마음대로 안 되는 마음'들을 어서 끌어내야지."

차례

힘든 시기일수록
마음속에 아름다운 어떤 것을 품고 다녀야 한다.
그 아름다움이 우리를 구원한다.

내가 생각한

인생이 아니야

　그녀를 처음 만난 것은 아침 산책길에서였다. 마스크를 착용하고 있어서 나이를 가늠하기 어려웠지만, 삼십 대 중반쯤으로 보였다. 바닷가 오솔길을 그녀는 단발머리를 하고 서쪽에서 걸어오고 나는 바닷바람에 장발을 날리며 동쪽에서 걸어가다가 정면으로 마주쳤기 때문에, 나의 범상치 않은 행색을 알아본 그녀의 예리한 시선을 피할 도리가 없었다. 대개 이런 경우, 서로의 산책을 방해하지 않도록 나 아닌 척하거나 눈 흰자위를 치켜뜨고 정신이 온전치 않은 시늉을 하지만 그럴 틈이 없었다.

　그녀는 반갑게 인사하며 자신도 근처 동네에 살고 있다고 했다. 내가 서귀포 그 바닷가 마을에서 지낸다는 사실을 이미 알고 있는 듯했다. 제주도 억양이 아니라서 물었더니, 회사를 휴직하고 한달살이하러 내려왔다고 했다. 대화가 더 길어지기 전에

'제주에서 의미 있는 시간 보내길 바란다.'며 덕담을 건네고 엇갈려 가려는 찰나, 그녀가 말했다.

"그런데 내가 생각한 제주도가 아니에요. 그래서 무척 실망하고 있어요."

그 순간 내가 얼마나 겁을 먹었을지 상상해 보라. 독자인 자신을 차갑게 대한다고 "내가 생각한 류시화가 아니네요. 무척 실망스러워요." 하고 말할지도 모르지 않은가! 나는 급히 다정한 표정을 지으며, 그녀에게 제주도에서 무슨 좋지 않은 일이라도 있었는지 물었다.

붉은 해가 구름층을 뚫고 시시각각 떠오르는 그 바닷가에서 그녀는 10분 동안 자신의 마음에 들지 않는 제주도의 여러 모습을 쏟아놓았다. 나는 계속 다정한 표정을 유지하며 그녀의 지적에 일일이 공감을 표시했다. 열렬한 공감자가 앞에 있어서인지 그녀는 불만의 토로를 15분 더 연장했다. 그녀가 말한 내용을 여기에 굳이 옮기지는 않겠다. 제주도에 대한 편향된 시각을 전파하지 않기 위해서다.

그러다가 갑자기 그녀가 나를 바라보며 말하는 것이었다.

"그런데 내가 생각한 류시화 시인이 아니시네요."

내가 놀라서 시선 처리가 헷갈리자, 그녀는 말했다.

"생각했던 것보다 무척 다정하세요. 글 쓰는 사람은 좀 이지적으로 차가울 줄 알았거든요."

예리한 지적인지 칭찬인지 모를 그 말에 "아, 예, 제가 좀 다정하게 이지적이긴 하죠."라고 얼버무리는 수밖에 없었다. 그녀가 나의 예상 밖 모습을 더 발견하기 전에 내가 정색하며 물었다.

"그런데 왜 이곳 제주도가 당신이 생각한 제주도여야만 하죠? 자신의 관념 속 제주도를 확인하기 위해서가 아니라, 있는 그대로의 제주도를 경험하기 위해 한 달이라는 소중한 시간을 내어 이곳에 온 게 아닌가요?"

흠칫 놀라는 표정이 마스크 뒤에서도 역력했다. '무척' 당황해서 현기증을 느끼고 바다 쪽으로 쓰러졌다, 라고 할 정도는 다행히 아니었다. 나는 더욱 이지적으로 말했다.

"당신이 생각한 것보다 풍경이 너무 평화로운가요, 아니면 견디기 힘들 만큼 변화무쌍한가요? 귤이 너무 시큼한가요, 달콤한가요? 사려니 숲길에 사람이 너무 많은가요, 아니면 반복되는 고독이 싫은가요? 만약 당신이 상상한 것에 완벽하게 들어맞는 제주도라면 며칠 못 가서 지루하지 않을까요? 당신의 생각과 기준의 범위를 넘어서기 때문에 더 역동적인 섬이 아닐까요?"

축제일처럼 날마다 변하는 날씨도, 청각을 사로잡지만 눈에 보이지 않는 새들도, 오름들 위로 손을 뻗으면 만져지는 물기 묻은 구름도, 싸우려 드는 말투인 양 들리지만 투박한 사투리일 뿐 속내는 더없이 인간적인 사람들도 그녀는 예상하지 못했을 것이다. 그리고 독자의 기분이 상하지 않도록 목소리의 다정함을 끝까지 잃지 않는 시인과 바닷가에서 얘기를 나누리라고는.

그녀만의 문제가 아니다. 내가 처음 인도에 갔을 때 경험한 갈등도 그것이었다. 모든 면에서 내가 상상한 인도가 아니었다. 영적 깨달음을 얻은 사람들이 거리에 넘쳐났는가? 아니다, 걸인과 가짜 수행승이 더 많았다. 갠지스강은 순결하고 성스러웠는가? 아니다, 시체가 종종 떠다녔다. 거리에는 꽃들이 향기를 퍼뜨렸는가? 아니다, 각종 똥이 더 많았다. 조화롭고 지혜로운 이상세계였는가? 아니다, 인간 존재의 부조리함과 혼돈에 머리가 어지러운 세계였다. 눈이 커질 만큼 매혹적인 인도 여성들이 많았는가? 아니다, 내가 상상한 것보다 훨씬 더 많았다!

그렇다, 내가 기대한 인도가 전혀 아니었다. 나보다 열 배는 긴 머리를 한 탁발승도, 기차 안에 난데없이 나타나 낡은 북을 두드리며 "너는 여인숙에 묵는 손님이라네. 네가 묵고 있는 방은 다른 손님이 묵고 있었다네. 그 사람이 떠나고 이제 네가 도착했네. 너도 머지않아 떠날 것이라네." 하고 노래하는 노인도 내 상상 밖이었다. 그래서 그 낯설고 특별한 세계에 정신이 압도당하고, 나의 단단한 에고의 층을 생생한 경험들로 부수었으며, 예상하지 못한 숱한 사건으로 나의 여정을 다채롭게 색칠해 나갈 수 있었다. 나는 나의 관념으로 그 세계에 도전하기 위해 여행을 떠난 것이 아니라 나의 작은 자아를 부수기 위해 간 것이었다. 세상의 모든 여행자가 그렇듯이 내 생각과 선입견을 비우고, 안으로 깊어지고 밖으로 더 넓어지기 위해.

히말라야에 갔을 때도 내가 상상한 성자들의 거처가 아니었다. 라다크의 오지 투르툭 마을로 '하늘 가득 쏟아지는 별'을 보러 갔을 때는 비구름에 가려 내가 꿈꾸었던 밤하늘이 아니었다. 세계에서 가장 높은 도로 카르둥라를 아슬아슬하게 넘어올 때는 5월인데도 폭설이 내려, 앞좌석에 앉은 라다크 여인이 타라 여신에게 드리는 간절한 기도문이 통하지 않았다면 버스가 천 길 낭떠러지로 굴러 떨어질 뻔했다. 그 기도문을 즉석에서 배워 내가 더 크게 외웠다! 동서양의 명상 센터와 아쉬람을 방문했지만, 내 기대와 상상에 일치하는 곳은 단 한 군데도 없었다.

그렇다면 나는 왜 히말라야 여행을 스무 번 넘게 떠났는가? 무엇을 위해 라다크에는 고산병 앓으면서 여름마다 가고, 무슨 축복을 위해 혼돈의 바라나시에서 살다시피 했는가? 내 상상을 뛰어넘는 세계여서 좋았다! 투르툭에 다시 갔을 때는 높은 돌산 위에서 별들이 우르르 쏟아졌다.

내가 가장 많이 듣는 이야기가 무엇인 줄 아는가? 자신이 상상한 인도가, 자신이 기대한 명상 센터가 아니라는 것이다. 그리고 나를 만나 보니 자신의 생각 속 시인이 아니라는 것이다! 그럴 때 나는 내가 자유 영혼임을 느낀다. 타인의 예측에서 벗어나지 못하는 존재라면 생생하게 살아 있다고 할 수 있는가?

내가 당신을 만났을 때, 당신이 상상 밖의 인물이면 더 좋겠다.

불행과 행복의 내력이든, 상실과 성취의 경험이든 뜻밖의 이야기를 당신이 가지고 오기를 바란다. 우리는 두려움에 맞서 불가능한 사랑에 빠지고, 준비하지 않았던 일을 경험하기 위해 이 행성을 여행 중이니까. 가슴에 믿음을 품고 별에 닿기 위해.

당신과 마찬가지로, 이 인생은 내가 생각한 인생이 아니다. 내가 생각한 세상이 절대 아니며, 내가 상상한 사랑이 아니다(아픔이 너무 크다). 신도 내가 생각한 신이 아니다(때로 인간에게 가혹하다). 지구별은 단순히 나의 기대와 거리가 먼 정도가 아니라, 좌표 계산이 어긋나 엉뚱한 행성에 불시착한 기분이 들 정도이다. 얼마나 다행한 일인가. 모든 일들이 나의 제한된 상상을 벗어나 훨씬 큰 그림 속에서 펼쳐지고 있으니.

산책길에서 만난 그녀도 마스크를 벗자 내가 상상한 얼굴이 아니었다(훨씬 젊고 생기 넘치는 모습이었다!). 목에 건 티베트 목걸이도 멋있었다. 그리고 '왜 당신이 생각한 제주도여야만 하는가? 왜 당신이 계획한 인생이어야만 하는가?'라는 말의 의미를 금방 알아듣고 고개 끄덕일 줄 아는 영민한 사람이었다.

한 달이 훌쩍 지나 동네 단팥빵 가게에서 그녀와 다시 마주쳤는데, 석 달로 제주살이를 연장했다며 나의 격렬한 만류에도 불구하고 내 빵값까지 내주었다. 역시 내가 생각한 것보다 좋은 독자였다! 그때쯤은 그녀가 상상했던 것보다 더 좋은 제주가 되어 있는 듯했다. 자신이 좋아하는 다정하게 이지적인 시인까지 한 동네에 살고 있으니까.

삶에서 불행한 일을 겪은 후, 그 불행 감정을 오랫동안 껴안고 있는 사람들의 결론을 압축하면 '이번 생은 틀렸어. 내가 생각한 인생이 아니야.'라는 것이다. '행복해지려면 다시 태어나는 수밖에 없어.'라고 그들은 말한다. 그 감정은 확증 편향으로 이어진다. 자신의 믿음과 일치하는 정보는 받아들이고 믿음과 일치하지 않는 정보는 무시한다. 또한 그 확증 편향이 진리인 양 마음을 닫아 건다. 왜 우리는 자신의 삶을 살면서도 자기 삶의 심리학자가 되지 못할까? 우리는 한때 얼마나 옳았는가? 또 나중에 돌아보면 얼마나 틀린가?

삶은 발견하는 것이다. 자신이 기대한 것이 아니라 기대하지 않았던 것을. 인생이 주는 가장 큰 선물은 '다른 인생'이다. 그 다른 인생의 기쁨은 부스러기로 즐기는 것이 아니다.

사랑하면 세상이 말을 걸어온다. 인도의 두 신에게서 영감을 얻을 수 있다. 남인도 타밀나두 주에 가면 비슈누 신의 다른 형상인 랑가나트 신을 모신 사원이 있다. 랑가나트는 거대하고 아름다운 코브라 위에 누워 있는데, 인간이 앞에 오면 눈을 감는다. 그리고 동인도 오리사 주에 가면 비슈누 신의 또 다른 형상인 자간나트 신을 모신 사원이 있다. 자간나트는 눈을 뜨고 있는 정도가 아니라 둥글고 거대하게 뜨고 있다!

랑가나트 신이 인간이 앞에 오면 눈을 감는 것은 '나는 이 사

람에게서 나쁜 면을 보고 싶지 않다.'라는 의미이다. 그리고 자
간나트 신이 인간이 앞에 오면 눈을 크게 뜨는 것은 '나는 이 사
람의 아주 사소한 좋은 면이라도 보고 싶다.'라는 의미이다. 랑가
나트 신은 나쁜 면을 보지 않기로 의식적으로 감은 눈을 상징한
다. 자간나트 신은 인간의 좋은 면에 의식적으로 초점을 맞춘 열
린 눈을 상징한다.

만약 내가 이 세상 떠나며 영혼들의 교차로에서 이제 막 세상
에 태어나려고 엇갈리는 한 영혼을 만난다면, 나는 그 영혼에게
말하리라.

"당신이 상상하는 지구 행성이 아닐 거야. 당신이 생각하는 인
생이 아닐 거야. 그래서 하루하루가 난해하면서도 설레고 감동
적일 거야. 자신의 관념과 기준 속에 갇혀 있지만 않는다면, 당
신이 상상한 것보다 더 좋은 것들을 발견하기 위해 눈을 크게
뜬다면."

우리 모두는 누군가의
여행을 안내하고 있다

신의 낙원에는 꽃이 만발한 영혼의 나무가 있다는 우화가 있다. 그 나무에서 모든 영혼이 꽃을 피운다. 그리고 열매처럼 잘 익은 영혼은 부름을 받아 지상에 태어난다. 모든 영혼이 신의 정원에 있는 한 나무의 열매이지만, 저마다 익는 계절이 다르다. 같은 계절에 익은 영혼들은 언제나 가까이 연결되어 있고 서로를 이해한다.

신비주의자들은 우리가 이 물질계에 태어날 때 우리와 동일한 파장을 가진 영혼 집단이 거의 동시에, 또는 일정한 간격을 두고 태어나 우리가 원하는 삶의 실현과 정신적 성장을 돕는다고 말한다. 그들이 우리의 소울 그룹soul group이다.

고등학생 때 나와 함께 문학 토론을 하던 후배가 있었다. 졸업 후 그는 출가해 승려가 되었다. 승복 입은 모습이 처음에는 어색

했지만 문학의 길을 걸을 때보다 왠지 마음이 더 끌렸다.

대학 신입생 때 종교와 철학에 목말라하던 나는 우연한 기회에 수사 신부가 될 예정인 가톨릭 신학생과 친구가 되어 신의 존재에 대해 격론을 벌였다. 『칠층산』의 저자 토머스 머튼 신부를 알게 된 것도 그를 통해서였다. 그가 들려준 머튼의 이야기는 지금도 기억에 생생하다. 어렸을 때 머튼은 성공회 교회의 오르간 연주자로 취직한 아버지를 따라갔다가 예배단 전면 창의 스테인드글라스 속에 있는 '닻' 문양에 마음을 빼앗긴다. 소년은 바다가 보고 싶어지고 온 세상을 여행하는 것을 꿈꾸게 된다. 그 신학생 친구가 군대에 가면서 연락이 끊겼는데, 몇 년 후 삭발한 승려가 되어 내 앞에 나타났다. 우리는 한참 동안 마주보며 앉아 있었다.

그 무렵 클래식 음악에 심취해 있던 나는 음반 살 돈이 없어서 학교 앞 음반 가게에 들러 이 곡 틀어 달라, 저 곡 틀어 달라 하며 귀동냥을 했다. 가게 점원인 청년이 나를 반기며 라벨, 드뷔시, 쇼송의 음악을 틀어 주었다. 어떤 사정으로 대학 진학을 포기한 그는 문학 전공하는 나를 부러워했고, 나는 마음껏 음악을 들을 수 있는 그가 부러웠다. 그는 가게 주인 몰래 내 자취방까지 음반을 들고 와서 싸구려 턴테이블로 구스타프 말러의 교향곡을 들려주었다. 이마를 맞대고 빙글빙글 도는 까만 음반을 내려다보며 아다지에토를 듣던 그는 내가 학교를 졸업하면서 소식을 알 길이 없었다. 한참 후 지인을 만나는 자리에 그가 승복 차림으로 등장했다. 너무 반가워 누가 먼저랄 것도 없이 부둥켜안았다.

직장을 몇 군데 옮겨 다니던 나는 명상에 관심 가진 이들과 주기적으로 만나 정보를 나누었다. 우리 모두는 어떤 종교이든 수도자가 될 생각을 품고 있었는데, 수도자의 세계에서는 글 쓰는 행위를 좋게 여기지 않는다는 말에 나는 마음을 바꿨다. 문학은 그때 이미 나의 운명이 되었기 때문이다. 그 친구들 대부분이 하나둘 출가해 승려가 되었다. 나만 속세에 남았다.

그 후 몇 명의 정신적인 벗과 가까이 지냈었다. 우연히도 그들 모두 법명이 '화' 자로 끝나는 승려들이었다. 나도 이름이 '화' 자로 끝나서 도반으로 어울리는 데 아무 문제가 없었다, 라고 말하기는 어렵고 삭발한 수도자들 속에 나 혼자 장발이어서 주위의 시선을 집중시켰다.

수도자의 삶을 살겠다는 꿈을 이루지 못한 나는 늘 그 세계가 그립고, 가톨릭 수사나 불교 승려나 원불교 출가자를 볼 때마다 마음에 잔물결이 일었다. 홀로 바랑을 메고 걸어가는 수도자를 보면 함께 걸어가고 싶었다. 마치 이번 생은 나 자신이 영적으로 성장할 기회를 놓친 것 같다는 생각이 들었다.

어느 날 한 승려 친구에게 그런 내 심중을 이야기하자, 뜻밖에도 그가 말했다.

"우리는 우리 자신을 위해서도 수행하지만 서로를 위해서도 수행한다네. 우리는 우리와 연결된 모두를 대신해 수행의 길을 걷는 것이네."

그 말이 큰 힘이 되었다. 세상에 매몰될 때마다 지금 이 시간에도 누군가가 나를 대신해 수행의 길을 걷고 있다는 생각이 나를 붙들어 주었다. 포기하지 않고 길을 모색하게 하는 힘은 나 자신에게서만 나오는 것이 아니라 나와 연결된 존재들로부터도 온다. 그것을 인식할 때 우리는 안도하게 된다.

자신이 혼자이며 이 세계 속 고독한 존재라는 생각은 착각이다. 어떤 영역에서든 우리를 지원하는 소울 그룹이 존재한다는 것이 나의 경험이며 믿음이다. 그들 중에는 육체를 가진 존재도 있고 영적으로만 존재하는 이들도 있다. 어떤 전통에서는 그들을 '수호천사'라고 부르고 '백색 형제단'이라고도 부른다. 산스크리트어로는 '미트라'이다. 미트라는 약속과 친구를 동시에 의미한다. 전생부터 약속된 관계인 것이다. 물론 그들이 우리 앞에 놓인 장애물을 제거해 주거나 시련을 막아 준다는 의미는 아니다. 그것들 역시 우리의 성장에 필요하고 그 과정을 겪으며 자신이 누구인지 깨닫게 되기 때문이다.

소울 그룹은 중요한 시기에 나의 삶에 들어온다. 정신적으로 성장할수록 그 연결이 더 많이 이루어진다. 표지판과 상징들로 은연중에 방향을 알려 주는 이들, 내 약한 날개깃에 상승 기류를 보내 주는 존재들이 어딘가의 길에서 나와의 연결을 기다리고 있다. 소울 그룹과의 만남은 여행지의 게스트하우스나 기차 안에서 단 몇 시간 동안만 이어질 수도 있고, 육체의 삶이 끝날 때까지 이어질 수도 있다. 짧든 길든 그 만남은 더 의미 있는 삶으로 우리를 이끈다.

하나의 존재는 단순한 하나의 존재가 아니라 여러 존재가 연결된 것이며, 하나의 정신 역시 여러 정신이 하나로 모인 것을 의미한다.

캘리포니아 출신의 여성 운동가이며 작가인 스타호크(본명 미리암 시모스)는 썼다.

어디엔가, 이런 사람들이 있다.

말이 목에 걸려 입 밖으로 나오지 못하는 일 없이

우리가 열정을 가지고 말할 수 있는 사람들이.

어디엔가는 있다,

둥글게 원을 그려 우리를 받아들이고

우리가 들어갈 때

눈이 반짝이는 사람들이.

우리가 우리 자신이 가진 힘을 알아차릴 때마다

우리와 함께 축하해 주는 사람들이 있는 곳.

해야 할 일을 하기 위해 힘을 모으는 사람들

우리가 흔들리면 잡아 주는 손들
치유의 원,
친구들의 원,
우리가 자유로울 수 있는 그 어떤 곳이.

소울 그룹은 비슷한 특성과 공통의 미해결 문제를 가지고 있다. 감정의 결도 닮아 있고 삶에 대한 인식도 비슷하다. 한 명이 먼저 문제 해결에 도달해 나머지 사람들을 안내하기도 한다. 자신도 모르게 안내자 역할을 하는 경우도 있다. 그렇게 우리 모두는 누군가의 여행을 안내하고 있다.

내가 잠들었을 때 누군가는 나 대신 깨어 있다. 내가 길을 잃었을 때 누군가는 묵묵히 그 길을 걷는다. 내가 헛되이 시간을 보낼 때 누군가는 자세를 바로 하고 앉아 수행에 전념한다. 그들은 시공간을 초월해 우리와 연결된다. 당신은 어느 소울 그룹과 연결되어 있는가?

자신이 좋아하는 색으로

자신을 정의하라

한 여성이 있다. 평화주의자이고, 완벽하게는 아니어도 채식을 실천하려고 노력하며, 일회용 컵 사용을 줄이기 위해 텀블러를 가방에 넣고 다니는 생활 환경운동가이다. 네팔 히말라야 트레킹 도중에 만나 이제는 작가와 독자가 아닌 친구가 되었다. 나이는 나보다 많이 어리지만 본받을 점이 한두 가지가 아니다. 천성적으로 총명하고 예민해 사물을 보는 감각이 뛰어나다. 모든 면에서 옳고 합리적이다. 지금 쓰고 있는 이 글의 제목도 그녀에게 조언을 구할까 생각 중이다.

한번은 마주앉아 얘기를 나누는데, 머리 뒤쪽에서 비치는 햇빛에 그녀의 귓바퀴 안쪽 살이 토끼 귀처럼 핑크색으로 변하는 것이 인간적으로 느껴졌다. 어렸을 때부터 그런 색의 귓바퀴를 가졌을 것이다. 나 역시 그렇게 인간적으로 보이고 싶어도 긴 머리가 귀를 가려 쉽지 않은 일이다. 하지만 우리는 이성적인 대화를 주고받던 중이어서 갑자기 귓바퀴에 대해 말하는 것은 그녀의 예민한 신경을 자극하는 일이었다.

이야기가 다른 데로 새기 전에 말해 두지만, 그녀는 직관이 남다르고 자신의 직관을 신뢰하기에 사람과 세상일에 대해 좋고 싫음이 분명하다. 한번 아닌 것은 끝까지 아니다(귀가 얇은 나로서는 이 또한 본받을 점이다).

당연히 전쟁을 싫어하고, 모피코트만이 아니라 산 채로 털 잡아뜯는 거위털 패딩을 배척하며, 골목길의 오랜 역사를 걷어 내는 재개발에 반대한다. 길고양이 내쫓는 동네 아저씨를 혐오하고, 플라스틱이 무분별하게 남는 배달 음식을 좋아하지 않는다. 10년 이상 쓸 것인지 생각하지 않고 충동적으로 물건 사는 것을 싫어한다. 그녀가 싫어하는 것을 계속 나열하면 정말로 이야기가 다른 데로 샐 정도이다.

햇빛에 핑크색으로 변하는 귀를 포함해 그녀 본래의 매력과 함께 어느덧 내 마음속에는 그녀가 싫어하는 많은 것들이 각인되었다. 그리고 그 '싫어하는 에너지'가 은연중에 그녀와 나의 정신적 교류를 가로막는다는 사실을 그녀 못지않게 예민한 내가 느끼지 못할 리 없다. 나는 차츰 그녀가 좋아하는 것이 아니라 싫어하는 것들로 그녀를 떠올리게 되었다. 그녀가 긍정하는 것이 아니라 거부하는 것들로.

그녀가 싫어할까 봐 아직 귀띔해 주지는 않았지만, 우리의 에너지는 우리가 집중하는 곳으로 흐른다. 어떤 단어에 힘을 실으면 생각의 에너지가 그곳으로 모인다는 것을 심리학 연구가 밝혀 내었다. 예를 들어, "나는 아픈 것이 싫어." 하고 말하면 마음은 '아픔'에 집중하게 되고, 그때 에너지는 '아픔' 쪽으로 흐른다. 그 에너지의 방향을 바꾸는 방법은 "나는 건강한 것이 좋아." 하고 말하는 일이다. 이것이 개인뿐 아니라 세상의 에너지 흐름을 바꾸는 길이라고 귀가 얇은 나는 어디선가 새겨들었다.

"전쟁을 싫어한다."라고 말하는 대신 "평화를 좋아한다."라고 말하는 그녀를 나는 더 좋아할 것이다. 농약투성이 채소나 너무 많은 육류 소비를 '싫어한다'고 말하는 대신 텃밭에서 기른 상추와 깻잎을 '좋아한다'고 말하는 그녀를. 실제로 그녀가 가장 건강하게 보였을 때는 부모님이 사는 고향에서 직접 농사 지은 햇땅콩 한 봉지를 들고 왔을 때이다. "거위털 패딩이 싫다."라고 말하는 대신 "공정무역에서 판매하는 손으로 뜨개질한 네팔산 스웨터가 좋다."라고 말하는 그녀를 나는 더 많이 만나고 싶다. "억지로 하는 일이 싫어."라고 말하기보다는 "가슴 뛰는 일이 좋아." 라고 말하는 긍정 기운을 발산하는 그녀를.

무분별하게 파괴되어 가는 세상에서 이런 자세가 너무 순진하게 들릴지도 모른다. 두말할 필요 없이 우리는 소중한 것을 망가뜨리는 어리석은 행위들에 저항해야 한다. 그것들을 바로잡지 않으면 미래는 없다. 바로 그것을 위해 전쟁이 아니라 평화에, 증오와 선동이 아니라 연민과 지성에 에너지를 쏟아야 한다. "나는 아름다운 어머니 지구가 좋아." 하고 말하는 순간 우리는 지구의 상처를 회복하는 일에 동참하는 것이 된다. '별을 흔들지 않고는 꽃을 꺾을 수 없다. 우리 모두는 연결되어 있다.'라는 글귀를 나는 좋아한다(자랑하는 것 같지만 내가 엮은 아메리카 인디언 연설문집 『나는 왜 너가 아니고 나인가』에 나오는 문장이다).

『나는 왜 너가 아니고 나인가』를 들고 와 서명을 요청하면서, "지난 10년간 읽은 책 중에서 이 책이 가장 좋다."라고 말할 때의 그녀가 나는 지난 10년간 본 모습 중에서 가장 좋았다! 이야기가 본의 아니게 내 책 홍보로 흐른 것 같지만 워낙에 '좋은 책'이니 한 단락 더 인용해도 그녀가 뭐라 하지 않을 것이다.

"세상은 아름다움을 발견하는 자에게는 아름다움을 주고, 슬픔을 발견하는 자에게는 슬픔을 준다. 기쁨이나 지혜 같은 것들도 마찬가지다. 세상은 우리가 생각하는 것의 반영이다."(카이오와 족 큰구름이 한 말.)

자신이 원하지 않는 것에 대해 말하는 순간, 자신이 원하지 않는 것을 주위로 끌어당긴다. 원하는 것을 말하는 순간, 원하는 그것을 자신에게 끌어당기기 시작한다. 끌어당김의 법칙에는 예외가 없다. 인디언 연설문집을 읽고 나서 가슴속에 대지와 별과 바람이 숨 쉬는 그녀를 나는 더 좋아하게 되었다.

예민한 사람일수록 싫어하는 것이 많다. 우리가 천성적으로 부여받은 예민함은 좋은 것, 아름다운 것을 발견하는 능력이어야 한다. 자기 주위에 벽을 쌓는 쪽으로 그 재능이 사용되어선 안 된다. 우리를 상처 입히고 고립시키는 것은 우리의 예민함이 아니라 그 예민함으로 발견하고 선택하는 것들이다.

예민한 영혼으로 태어난 것은 신의 실수가 아니라 축복이다. 관계 심리학자들이 말하듯이, 예민함은 바로잡아야 할 심리 상태가 아니라 특별한 재능이다. 섬세한 감각으로 다른 이들이 놓치는 현상의 이면을 보고, 울림 있는 내면세계를 가지며, 문학과 예술에 감동받는다. 그런 사람은 타인에 대해서도 뛰어난 감응력을 갖는다. 예민한 사람은 그 예민함으로 인해 고통받기도 하지만 그 예민함 덕분에 세상을 더 심층적으로 바라본다. 꽃을 보고자 하는 사람에게는 어디에서나 꽃이 보인다. 화가 앙리 마티스의 명언이다.

당신이 싫어하는 것 백 가지를 적어 보라. 그러면 그 싫은 것들이 당신 주위를 에워쌀 것이다. 그 대신 좋아하는 것 백 가지를 적어 보라. 자신이 좋아하는 것들이 하루하루를 채워 나갈 것이다. 이것이 세상의 불의와 파괴를 외면하는 길이 결코 아님을 그 목록을 써내려 가면서 깨닫게 될 것이다.

당신이 세상을 보는 방식은 세상이 당신을 보는 방식이다. 장미의 울음을 들은 적 있는가? 사람들이 장미꽃의 아름다움이 아니라 가시에 대해 말할 때 장미는 운다. 사람들이 당신에 대해 그렇게 할 때 당신도 장미의 울음을 운 적 있을 것이다.

이야기가 다른 데로 새지 않아 다행이다. '자신이 좋아하는 것으로 자신을 정의하자.'가 이 글의 주제이다. 생의 마지막에 당신은 무엇을 좋아했는지 떠올릴 것이다. 그것이 당신 영혼의 색깔이다. 신은 당신에게 이 생에서 무엇을 좋아했는가 묻지, 무엇을 싫어했는가 묻지 않을 것이다. 무엇 때문에 불행했는가보다 무엇 때문에 행복했는가를.

당신은 싫어하는 것이 많은 사람으로 각인되고 싶은가, 좋아하는 것이 많은 사람으로 기억되고 싶은가? 무엇으로 '나다움'을 만들어 나가고 있는가? 잠시 방문한 이곳에서, 마음에 들지 않는 것을 세는 것으로 시간을 보내지 않아야 한다.

그녀는 변함없이 나의 독자이고 정신적 교류자이다. 물병을 최고의 친구로 여기며, 잡곡과 구근을 가까이하고, 몸과 마음을 가볍게 만드는 그녀가 나는 좋다. "우리가 죽기 직전에 우리 눈앞에 영화처럼 삶이 펼쳐진다는 말이 있잖아요. 그 말이 옳아요. 지금 우리 앞에 펼쳐지는 삶이 바로 그것 아니겠어요?"라고 말할 줄 아는 토끼 귀를 가진 그녀가.

가지에서 미소 짓지 않는

꽃은 시든 꽃

지난해 봄, 라다크 여행에 동행한 이가 누브라 밸리의 투르툭 마을로 가는 버스 안에서 말했다.

"지금 이 순간, 세상의 누구도 부럽지 않습니다. 내가 가장 부러운 사람은 지금 이곳을 여행하고 있는 나 자신입니다. 훗날에도 나는 이곳을 여행한 나를 그리워하게 될 겁니다."

그의 목소리에서 떨림이 전해졌다. 함께 여행하기에 부족함 없는 사람이었다. 여행은 어느 곳을 가는가도 중요하지만 누구와 함께 가는가는 더 중요하다. 그는 상기된 얼굴로 말했다.

"앞으로 어디를 가든 어떤 삶을 살든, 지금과 같은 순간을 가져갈 수만 있다면 나는 더 원하는 것이 없습니다."

유럽 중세의 성처럼 높은 산에 지어진 흰색 곰파(불교 사원)가 아침 태양에 반짝이는 디스킷 마을을 떠나 우리가 탄 버스는 강

옆 모래 둔치에서 여행자들이 쌍봉낙타를 타고 있는 훈다르를 지났다. 해발 3천 미터 높이에 낙타라니! 만년설 녹은 강물을 마시며 낙타는 차가움에 몸을 떨 것이다.

그렇다, 그런 순간을 가질 수만 있다면 그 여정은 성공한 여행일 것이다. 모래언덕 너머 산비탈 오아시스에는 지역 특산인 살구나무가 빼곡히 심겨 있었다. 흙집 지붕에 널어 고지대 햇살로 말린 살구는 라다크의 필수 간식이다. 곰파의 지체 높은 스님을 만났을 때나 지역 유지를 방문했을 때도, 인더스강 유역 시골집에 갔을 때도(중학생 때부터 후원한 여자아이가 결혼해 '꽃봉오리'라는 뜻의 이름 가진 귀여운 딸을 낳았다) 말린 살구가 나왔다. 맛이 좋아서 먹는 척하고 주머니에 한 주먹 넣어 가지고 와서 입이 심심할 때마다 깨물어 먹었다. 사실은 꽃봉오리의 엄마가 눈치 채고 한 움큼 더 집어 넣어 줘서 주머니가 불룩했다. 단단한 씨가 있어서 이가 부러지지 않도록 조심해야 하는 것 빼고는 외계인에게도 권할 지구 행성 최고의 간식이다. 그러고 보니 라다크에는 앞니 없는 노인이 많다.

더구나 집에서 만든 살구잼을 발라 먹는 진흙 화덕에 구운 빵의 맛이란! 이것 하나만으로도 또다시 라다크에 오게 된다. 앞좌석에 앉은 현지 여인에게서 말린 살구를 몇 개 얻어 '앞니 조심하라'며 건넸을 때, 그 동행이 갑자기 나에게 물었다.

"작가님은 여행을 많이 해서 사람들의 부러움을 사는데, 혹시

작가님 본인이 부러워하는 대상이 있으신가요?"

다른 상황이었다면 필시 '나는 그 누구에 대해서도 부러워하지 않는다. 부러움과 질투 감정을 마음에서 내려놓은 지 오래이다, 하하하!' 하고 허풍을 떨었겠지만, 그가 진심을 담아 물었기에 나도 솔직하게 말했다.

"나는 부러운 대상이 참으로 많은 사람입니다. 무엇보다 세상의 영적 구루들을 다양하게 만난 사람을 나는 부러워합니다."

그들이 만난 밤하늘에 반짝이는 일등성 같은 스승들 이야기를 들을 때면 부러워서 잠을 못 이룰 정도이다. 그 스승들 모두 세상 떠나 이제는 만날 길조차 없다. 그래서 그들을 직접 만난 운 좋은 이들의 경험담을 나 자신의 경험인 양 상상하며 밤새워 읽는다.

또한 지금 처음으로 인도 여행을 떠나는 사람을 나는 부러워한다. 해마다 인도 여행을 하지만, 이제 막 인도에 도착하는 사람의 눈과 마음을 질투한다. 설렘과 기대감, 두려움이 겹친 그 얼굴을. 나는 언제든 그 마음으로 되돌아가고 싶다. 그래서 내 앞에 펼쳐질 미지의 세계와 처음인 것처럼 만나고 싶다.

여기까지 말한 후 나는 말린 살구를 오물거리며 그 동행에게, 내가 세상에서 가장 부러워하는 사람이 누구인지 아느냐고 넌지시 물었다. 그 선한 친구는 얼른 내 질문을 따라했다.

"작가님이 세상에서 가장 부러워하는 사람은 누구인가요?"

나는 대답했다.

"내가 가장 부러워하는 사람은 '세상의 모든 것에서 아름다움을 보는 사람'입니다."

그렇지 않은가. 모든 것과 모든 곳에서, 그리고 모든 얼굴에서 아름다움을 발견하지 못하면 우리는 아직 온전히 눈을 뜨지 못한 것이다. 그것을 페르시아의 시인은 이렇게 표현했다.

'가지에서 미소 짓지 않는 꽃은 시든 꽃.'

우리는 무엇인가를 추구하는 사람이면서 동시에 그 추구의 대상이다. 우리는 거울에 비친 얼굴이면서 거울 그 자체이다. 세상의 아름다움을 발견할 때마다 자신의 아름다움도 동시에 발견한다. 오래된 사원 벽에 적혀 있는 문장처럼, 세상의 아름다운 것을 목격하는 순간 사람은 노예가 되기를 멈춘다. 삶이 힘든 시기일수록 마음속에 아름다운 어떤 것을 품고 다녀야 한다. 그 아름다움이 우리를 구원한다.

우리는 상처받은 자에서 치유자로 여행해 나가는 사람들이다. 상처를 어떻게 치유하는가가 여행의 방향을 결정한다. 예술가에게 상처를 입혀 보라는 말이 있다. 그러면 당신은 당신이 가한 상처가 걸작품으로 탄생하는 것을 보게 될 것이다. 우리를 짓누르는 것은 짐의 무게가 아니라 우리가 그것을 짊어지고 다니는 방식이다. 부서진 크레용도 여전히 색을 가지고 있다. 그 부서진 크레용으로도 그림을 그릴 수 있다.

세상은 우리에게 힘을 요구하고 우리는 힘을 낸다. 그러면 세상은 더 많은 힘을 요구하고 우리는 더 힘을 낸다. 우리 안에 있는지도 몰랐던 힘을. 다시 페르시아의 시인이 노래했듯이, 우리는 삶을 악몽으로 바꿀 모든 요소를 가지고 있다. 그 요소들을 섞지 말라. 또한 우리는 우리의 존재를 기쁨으로 바꿀 모든 요소를 지니고 있다. 그 요소들을 섞으면 된다.

세상은 단어들로 가득한 책과 같다. 그 단어들을 이어 행복한 문장, 불행한 문장을 만드는 것은 우리 자신에게 달린 일이다. 때로는 그 책을 펼쳐 들고 너무 많은 단어들 때문에 현기증을 느낄지라도.

한 여인이 천상의 열매에 대해 듣고 그것을 탐냈다. 그녀는 사바르라는 이름의 수도승에게 물었다.

"어떻게 하면 그 열매를 발견해서 즉각적인 행복을 얻을 수 있을까요?"

사바르는 말했다.

"천국의 열매는 구한다고 해서 발견할 수 있는 것이 아니다. 그대가 준비가 되었을 때 그것이 그대를 찾을 것이다."

여인은 그 대답에 만족하지 않았다. 그녀는 아리프라는 수도승에게 가서 같은 질문을 했다. 그러자 아리프도 말했다.

"천국의 열매는 구한다고 얻을 수 있는 것이 아니다. 그대가 그것을 얻을 준비가 되면 그것이 그대를 찾는다."

여인은 많은 수도승들을 찾아가서 같은 질문을 했다. 그들 모두 동일한 대답을 했다.

마침내 그녀는 하킴이라는 탁발승을 만났는데, 하킴 역시 그녀에게 말했다.

"천국의 열매는 구한다고 발견할 수 있는 것이 아니다. 그대가 준비가 되었을 때 그것이 그대를 발견할 것이다."

여인이 실망하고 떠나려는 찰나, 하킴이 덧붙였다.

"하지만 그대가 할 수 있는 일이 한 가지 있다. 그대 스스로 그것에 대한 준비를 할 수 있다."

여인이 기뻐하며 물었다.

"어떻게요?"

수도승이 말했다.

"지상의 열매를 맛보면 된다."

혹시 그 열매가 라다크의 말린 살구가 아닐까?

당신도 누군가를
꽃피어나게 할 수 있다

『변신』과 『심판』(혹은 『소송』)의 작가 프란츠 카프카는 체코 프라하의 유대인 가정에서 태어나 인생 초기부터 아웃사이더였다. 그 당시 프라하의 유대인들은 체코어가 아닌 독일어를 사용했기 때문에 체코인으로도 독일인으로도 인정받지 못했다. 또한 카프카 자신은 종교에 대한 생각의 결이 달라 유대인 공동체에서조차 주변인이었다.

자수성가한 아버지는 카프카에게 자주 분노를 쏟아붓고 아들이 문학 속으로 도피하는 것을 경멸했다. 카프카는 매사에 군림하려 드는 아버지와 많은 갈등을 겪었으며, 사회 불안 장애와 신경 질환에 시달렸다. 한 인간의 내면을 한두 문장으로 정의하기는 어려우며 무엇이 그의 삶을 뒤흔들었는지 정확히 알 수 없으나, 카프카는 젊은 시절부터 불안과 절망에 사로잡혀 약혼과 파혼을 반복했을 뿐 평생 누구와도 결혼하지 못했다.

세상 떠나기 1년 전, 폐결핵을 앓던 카프카는 요양을 겸해 독일 베를린에서 지냈다. 하루는 베를린 근교의 공원을 산책하다가 어린 소녀를 만났다. 소녀는 벤치에 앉아 슬프게 울면서 망연자실해 있었다. 우리는 왜 우는가? 영혼에 물을 줌으로써 성장하려는 걸까?

무슨 일이냐고 묻자 소녀는 자신이 가장 좋아하는 인형을 잃어버렸다고 했다. 소녀와 함께 주위를 살펴보았지만 나무 밑과 풀숲 어디에도 인형은 보이지 않았다. 카프카는 소녀에게 내일 그곳에서 만나 다시 찾아 보자고 달랬다.

다음 날도 인형은 발견되지 않았다. 실망해서 고개를 떨구고 있는 소녀를 위로하며 카프카는 말했다.

"사실 너의 인형은 여행을 떠났어."

소녀가 놀라서 물었다.

"그걸 어떻게 알아요?"

카프카는 말했다.

"인형이 너에게 전해 달라며 편지를 보냈어."

소녀는 믿지 못하는 표정이었다. 그 편지를 가지고 있느냐는 소녀의 질문에 카프카가 대답했다.

"미안해, 지금은 나에게 없어. 깜박 잊고 집에 놓고 왔어. 내일 꼭 가지고 올게."

소녀는 눈물을 매단 채 카프카를 바라보았다. 의심과 호기심이 뒤섞인 눈빛에 카프카는 부드러운 미소를 지어 보이며 소녀와 헤어졌다.

집에 돌아온 카프카는 곧바로 자신의 책상으로 가서 인형 대신 편지를 쓰기 시작했다. 백지 위에 몸을 기울인 카프카의 자세는 작품 쓸 때처럼 진지함 그 자체였다. 그는 그 일을 놀라울 만큼 중요하게 받아들였고, 여자아이를 결코 실망시키고 싶지 않았다. 꾸며낸 이야기이지만 진실하게 쓰면 소녀의 상실감을 다른 차원의 상상으로 채워 줄 수 있을 것이라 믿었다. 글을 쓸 때 세상의 모든 작가가 같은 믿음을 마음에 품듯이.

다음 날 카프카가 편지를 들고 공원으로 가자, 소녀는 약속대로 기다리고 있었다. 하지만 소녀는 아직 글을 읽을 줄 몰랐기 때문에 카프카가 그 인형의 편지를 큰 소리로 읽어 주었다. 인형은 자신이 왜 사라졌는지 소녀에게 이유를 말했다.

'울지 마. 나는 슬픈 이유로 사라진 것이 아니야. 잠시 지금의 장소를 떠나 새로운 세상을 보기 위해 여행을 떠났어.'

그리고 인형은 소녀에게 자신의 모험에 대해 날마다 편지를 쓰겠다고 약속했다. 그런 식으로 둘의 만남은 몇 주 동안 이어졌으며, 인형은 카프카라는 작가의 마음을 빌어 자신이 경험하는 나날의 모험에 대해 이야기해 나갔다.

카프카는 우체부 역할을 하며 하루도 빠짐 없이 공원으로 가서 소녀에게 인형의 편지를 읽어 주었다. 편지가 거듭되면서 인형의 자아도 점차 성장해 나갔고, 학교에도 다니고, 전 세계를 여행하면서 다양한 사람을 만났다.

며칠 후 소녀는 인형을 잃어버렸다는 사실을 잊었으며, 그 대신 카프카가 들려주는 상상 속 이야기에 몰입하게 되었다. 그 몰입이 그녀의 마음을 새로운 차원으로 바꿔 놓았다. 인형의 모험이 담긴 편지들은 카프카에게 문학 작품을 쓸 때만큼이나 진정어린 글쓰기 그 자체였다. 아이를 교묘하게 속이는 것이 되어서는 안 되고, 허구의 이야기가 진실한 울림을 통해 생동감 넘치는 현실로 바뀌어야 하기 때문이었다. 그렇게 3주가 지났을 때 소녀의 슬픔은 완전히 치유되었다.

마지막 날 카프카는 마침내 베를린으로 돌아온 인형(실제로는 카프카가 소녀를 위해 산 마지막 선물)을 손에 들고 소녀 앞에 나타났다.

소녀가 놀라며 말했다.

"내 인형과 전혀 안 닮았어요."

카프카는 소녀에게 인형이 쓴 또 다른 편지를 건넸다.

'내 여행이 나를 변화시켰어.'

어린 소녀는 행복하게 새 인형을 껴안고 집으로 데려갔다. 카프카는 인형의 인격으로 소녀에게 마지막 편지를 쓰면서, 그녀가 언젠가는 결혼할 것이고 새로운 삶을 시작할 것이라고 알리면서 다음의 말로 이야기를 맺었다.

'너도 이해할 거야. 우리가 언젠가 다시 만날 수 없으면 그때는 마음에서 서로를 보내 주어야 한다는 것을.'

그로부터 몇 달 후 카프카는 너무도 이른 나이에 세상을 떠났다. 여러 해가 지나 어른이 된 소녀는 인형 속에서 카프카의 서명이 적힌 편지 한 장을 발견했다.

'네가 사랑하는 것은 모두 언젠가는 사라져 버릴지도 몰라. 하지만 그것들은 반드시 다른 형태의 사랑으로 돌아올 거야.'

이 일화는 세계 문학사에서 인간 존재의 불안한 상황을 가장 깊이 파헤친, 열에 들뜬 고독과 과민한 신경을 안고 평생을 산 작가가 보여 준 친절의 행위이다. 그것도 병에 시달리던 만년에 한 소녀의 슬픔을 승화시키기 위해 자신의 재능을 쏟아 마법 같은 작품을 만들어 내었다. 창작에 몰두하는 것 못지않게 다른 인간과 연결되는 것, 다른 영혼에게 관심을 기울이는 것 역시 중요한 일이다.

민족학자이며 정신분석학자인 클라리사 핑콜라 에스테스는 말한다.

"우리의 임무는 세상 전체를 한꺼번에 구원하는 것이 아니라, 우리의 손이 닿을 수 있는 부분부터 손을 뻗어 나가는 것이다. 한 영혼이 슬퍼하는 다른 영혼을 돕기 위해 하는 작고 조용한 일은 큰 의미를 갖는다."

인간 모두는 좋아하는 인형을 잃어버리고 울고 있는 소녀와 같을 때가 있다. 나에게는 카프카가 남긴 명작 소설들 못지 않게 그가 행한 이 친절한 행위로 더 기억된다. 삶을 예술로 만드는 이가 진정한 예술가이다.

한 사람으로 하여금 자신이 환영받는다고 느끼고, 자신의 이야기를 귀 기울여 들어 준다고 느끼고, 지지받는다고 느끼게 하는 것만큼 위대한 일은 없다. 친절은 상담료를 받지 않는 심리 치료이다. 칼 융이 말했듯이, 모든 이론을 알고 심리 기법에 통달한다 해도 한 인간 영혼을 대할 때는 단지 따뜻한 인간이 될 수 있어야 한다. 상실의 깊이는 저마다 다를지라도 그 상실감은 다른 형태로 다가오는 사랑에 의해 회복될 수 있다. 불완전한 인간을 완전하게 만드는 것은 사랑이다.

이 이야기는 카프카의 마지막 연인으로 베를린에서 동거했고, 날마다 그 공원을 함께 산책한 도라 디아만트가 『프란츠 카프카와의 생활』에 소개하면서 세상에 알려졌다. 도라는 예민한 카프카가 함께 지낼 수 있었던 유일한 여성이다. 작가 무라카미 하루키도 인터뷰에서 이 이야기를 언급했고, 폴 오스터의 소설에도 등장한다.

우리의 삶은 자신의 세계를 넓혀 준 사람을 몇 번이나 만났는가에 따라 방향이 정해진다. 마음을 닫아 버리고 싶을 정도로 불안한 세상이지만, 그럼에도 인간이라는 존재의 의미는 관계에서 찾아진다. 나는 이 이야기에서 '카프카'를 '나'로 바꿔 읽는 상상을 한다. 슬픔에 젖어 있는 소녀를 위해 인형의 편지를 쓰고 있는 사람이 나 자신인 것처럼.

삶을 꽃피우는 방법에는 두 가지가 있다. 하나는 스스로 꽃을 피우는 일이고, 또 하나는 다른 사람의 삶이 꽃피어나도록 돕는 일이다. 당신도 나도 누군가를 꽃피어나게 할 수 있다.

혼이 뼈와 만나는 곳에서

일어나는 전투

　버스에 타자마자 여성은 누군가와 전화를 하기 시작했다. 나는 맨 뒤쪽, 조금 올라간 자리에 앉아 있었는데 그 중년 여성은 내 왼쪽 끝에 앉았다. 우리 둘 사이는 비어 있었다.

　귤밭 안에 있는 낡고 오래된 돌집을 집필실로 개조하기 위해 제주도로 내려가는 길이었다. 공항행 시내버스를 타고 몇 정거장 못 가서였다. 햇빛 쏟아지는 차창에 머리를 기대고서 그녀는 쉴 새 없이 통화를 했다. 다른 승객을 의식해 나름 속삭이는 듯했지만, 내 귀에는 충분히 컸다. 소리만이 아니라 세상 온갖 것에 예민한 나는 다른 자리로 옮길까도 했지만, 비어 있는 자리는 앞쪽의 젊은 여성 옆자리뿐이어서 범상치 않은 내가 갑자기 옆에 와서 앉으면 놀랄 수도 있었다.

　소음 가득한 세상에 시달리다 못해 배운 마인드 컨트롤을 이용해 여성의 시끄러운 수다를 봄날의 새소리로 바꾸려고 노력했다. 그럴수록 청각신경이 더 깨어났다. 그녀의 통화 내용은 흔한 일상사에 관한 것이었다. 집안일과 반찬 걱정, 아직 학생인 아이들 뒤치다꺼리할 일, 먹고사는 문제의 어려움과 사소한 푸념 등이 전부였다. 그 모든 이야기를 들어 주고 있는 상대방은 딴생각을 하는 건지 자비심의 미덕을 실천하는 수행 중인지, 그녀 혼자 거의 숨도 쉬지 않고 떠들었다.

내 휴대폰에 저장한 명상 음악을 그리워하며 이어폰을 놓고 온 것을 후회하는 순간 그녀가 마침내 통화를 마쳤다. 이제 공항까지 남은 구간을 평화롭게 갈 수 있게 되었다. 하지만 그녀는 금방 다시 어딘가로 전화를 걸었고, 곧이어 새로운 통화를 시작했다. 이번에는 조금 다른 내용이었다.

대화 내용으로 보아 보험회사 직원에게 문의하고 있었다. 그녀는 자신이 1년 전 수술받은 암이 재발했으며, 이번에 다시 항암 치료를 받아야 하는데 보험료가 다시 지급될 수 있는지 물었고, 상대방은 어려운 전문 용어로 설명하며 확답을 피하는 듯했다. 그녀는 아까보다 작지만 절실한 목소리로 직원에게 사정하듯 말하고 있었다. 보험료 재지급이 안 되면 살아갈 길이 막막하며, 아이들도 아직 어리다고. 그러니 '제발, 꼭 좀' 확인해서 알려달라고 간청하고 또 간청했다.

그때까지 그녀의 수다를 피해 창밖을 향하고 있던 나는 고개를 돌려 그녀를 바라보았다. 그녀는 여전히 차 유리창에 머리를 기댄 채 휴대폰을 붙들고 있었다. 내 쪽에서 보이는 그녀의 오른쪽 뺨에 가느다란 눈물이 흐르고 있었다.

그녀가 하는 말의 단어들이 내 갈비뼈 사이에 와서 박혔다. 갑자기 생의 가장자리에 서 있을 때, 우리의 혼은 전율하며 그 떨림은 우주에 공명한다. 인간의 영혼은 얼마나 크고, 육체는 얼마나 왜소한가. 다른 인간 존재에 대해 섣불리 판단하지 말아야 한다. 그 사람이 지금 어떤 삶을 경험하고 있는지 우리는 알 수 없다.

태어나는 순간부터 우리는 시속 10만 킬로미터로 질주하는 바위 행성에 올라탄 채로 삶을 여행 중이다. 자전하면서 공전까지 한다. 때로는 진도 7로 흔들리는 불안정한 삶에서 '살아 있는 느낌'이 깎여 나가는 아픔에는 크고 작음이 없다. 누구의 삶도 한 문장으로 요약될 수 없다. 당신의 삶도, 나의 삶도. 80억 명이 저마다 다른 방식으로 오늘을 경험하고 있다.

소설 『위대한 개츠비』의 첫 문단은 이렇게 시작한다.

"내가 지금보다 나이도 어리고 마음도 여리던 시절 아버지는 나에게 충고를 하나 해 주었는데, 그 충고를 나는 아직도 마음속으로 되새기곤 한다. '누군가를 비판하고 싶어질 때는 언제나 이 점을 명심하거라. 세상 사람이 다 너처럼 유리한 입장에 있지는 않다는 것을.' 하고 아버지는 말씀하셨다."

제주도로 날아가는 비행기 안에서, 그리고 서귀포 돌집까지

가는 버스 안에서도 유리창에 기대고 있던 그녀의 오른쪽 뺨이 어른거렸다. 그럼에도 불구하고 섬이 이토록 아름답다는 것이 슬펐다. 상실은 슬픔과 아름다움을 동시에 품고 있는 걸까? 그녀의 앞날에 부디 많은 여름이 기다리고 있기를!

만나는 모든 사람에게 연민을 가져야 한다. 그들의 혼이 뼈와 만나는 저 안쪽에서 어떤 전투가 일어나고 있는지 우리는 전혀 모르기 때문이다. 말로 표현할 수 없는 것이 저마다의 가슴에는 있다.

코칭 관련 홈페이지에서 읽은 글이다. 한 남자가 약속 장소를 향해 서둘러 운전해서 가는데, 앞에 가는 차가 거의 거북이 수준이었다. 경적을 울리고 헤드라이트를 깜빡여도 속도 낼 생각을 하지 않았다.

마침내 자제력을 잃고 화를 내려는 찰나, 차 뒤에 부착된 작은 스티커가 눈에 띄었다.

'장애인 운전자입니다. 조금만 참아 주세요.'

그 문구를 보는 순간 모든 것이 달라졌다. 남자는 마음이 차분해지고 조급함도 사라졌다. 오히려 그 차와 운전자를 보호해 주고 싶은 마음이 생겼다. 약속 장소에 몇 분 늦게 도착하는 것이 더 이상 중요하지 않았다.

그날 밤, 남자는 생각했다. 그 차에 스티커가 붙어 있지 않았다면 참을성을 발휘했을까? 빨리 비키라고 더 심하게 경적을 울리지 않았을까? 왜 우리는 사람에 대해서도 각자의 등에 붙어 있는 투명한 스티커를 알아보지 못한 채 성급히 판단하는가? 이를테면 이런 스티커들 말이다.

'일자리를 잃었어요.'

'병과 싸우고 있어요.'

'이혼의 상처로 아파요.'

'불면증에 시달리고 있어요.'

'사랑하는 사람을 잃었어요.'

'자존감이 바닥이에요.'

'그저 껴안아 줄 사람이 필요해요.'

'방세를 못 내고 있어요.'

우리 모두는 보이지 않는 스티커를 등에 붙인 고독한 전사이다. 그 등은 어떤 책에도 담을 수 없는 이야기를 지고 다닌다. 따라서 서로에 대해 '조금 더 참고' 친절해야 한다.

인도인 친구가 다음의 일화를 보내 주었다.

기차 안에서 두 아이가 여기저기 뛰어다니고 있었다. 서로 싸우기도 하고, 좌석 위로 뛰어오르기도 했다. 근처에 앉은 아이들의 아버지는 생각에 잠겨 있었다. 그러다가 아이들이 쳐다보면 다정한 미소를 짓고, 그러면 아이들은 다시 장난을 치느라 바쁘고, 남자는 계속 물끄러미 아이들을 바라보곤 했다.

다른 승객들은 아이들의 장난기에 화가 나고, 아이들 아버지의 태도에도 짜증이 났다. 밤이었기 때문에 다들 쉬고 싶었다. 보다 못한 한 사람이 남자에게 소리쳤다.

"당신은 대체 어떤 아버지이길래, 아이들이 이토록 버릇없이 행동하고 있는데 제지하기는커녕 미소로 부추기고 있군요. 아이들에게 잘 설명하는 것이 당신의 의무 아닌가요?"

남자는 잠시 생각에 잠겼다가 말했다.

"아이들에게 어떻게 설명해야 할지 생각 중에 있습니다. 아내가 친정에 다니러 갔다가 어제 사고로 세상을 떠났습니다. 장례를 치르러 아이들을 데리고 가는 중인데, 이제 엄마를 다시는 볼 수 없을 것이라고 아이들에게 어떻게 말해야 할지 아무리 해도 모르겠습니다."

절실히 원한 모든 순간이

날개

신이 말했다.

"절벽 끝으로 오라."

나는 말했다.

"할 수 없어요. 두려워요."

신이 말했다.

"절벽 끝으로 오라."

"할 수 없어요. 추락할 거예요!"

신이 다시 말했다.

"절벽 끝으로 오라."

그래서 나는 갔고, 신은 나를 절벽 아래로 밀었다. 나는 날아 올랐다.

학교 졸업 후 결혼을 하고 직장도 없이 서울 수유리 북한산

밑에서 셋방살이를 했지만, 내게는 한 가지 꿈이 있었다. 영적 스승들을 만나러 인도로 떠나는 일이었다. 그곳에 가면 삶의 의문에 관한 몇 가지 해답을 얻을 수 있을 것 같았다. 완전한 깨달음은 아니더라도 영적으로 자유로워진다는 것이 무엇인지 경험하고 싶었다. 그 꿈을 이루어야만 현실에서의 삶을 제대로 살 수 있다고 믿었다.

문제는 가진 돈이 없다는 것이었다. 왕드롭프스 깡통에 든 천 원짜리 지폐 서너 장과 동전 몇 개가 전 재산이어서 버스도 못 타고 웬만한 거리는 걸어다니는 처지에 인도는 상상 속 나라일 뿐이었다. 당나라의 현장 법사(인간 네비게이션이라 불러도 부족함 없는 사람)가 2년 동안 걸어서 천축국에 다녀왔다는 사실을 내세우며 돈 대신 체력을 비축한다는 핑계로 산을 오르내렸다.

탈진해서 체력은 오히려 바닥났고, 하는 수 없이 주위 사람에게 도움을 청하기로 마음먹었다. 어림잡아 내 정신세계를 이해해 줄 법한 스무 명에게 손편지를 썼다. 여행 경비를 도와주면 깨달음을 얻고 돌아와 열심히 일해서 꼭 갚겠다는 심금 울리는 편지였다. 의사와 교수도 있었고, 이름난 화가도 있었으며, 회사에 다니는 친구도 있었다.

전 재산의 상당 부분인 왕드롭프스 통의 동전을 쏟아 편지를 부쳤고, 그날 이후 내 발길은 산이 아닌 은행으로 향했다. 입금 여부를 확인하는 그 하루하루 마음은 기대와 희망으로 날갯짓

했지만, 돈이 넉넉히 들어오면 슬리핑백과 카메라도 사야겠다고 내심 미소 지었지만, 여비에 보태라며 돈을 보내 준 이는 단 한 사람뿐이었다. 이제야 밝히지만 사실 그 한 명마저도 아내에게 내 위상을 돋보이려고 꾸며낸 거짓말이었다. 내 말을 믿은 순진한 아내는 그 돈을 어디에 썼느냐고 어려울 때마다 물었다.

편지 내용에 심금이 울린 사람은 스스로의 글에 도취한 나 자신뿐이었다. 받은 편지를 들고 와서, 현실적으로 성공한 다음에 꿈에 도전하라고 훈계하고 라면을 대접받고 간 이는 있었다. 결국 내 꿈을 이루어 줄 사람은 세상에 단 한 명도 없다는 사실이 분명했다. 현실을 깨달은 나는 중단했던 번역 일에 다시 매달렸다. 그 이후 밤샘 작업을 밥 먹듯 했으며, 단 하루도 허투루 빈둥거리지 않았다. 다른 저자의 원고를 윤문해 주고, 대리 집필도 했다. 오로지 인도에 갈 경비를 모으기 위해.

움직이면 움직일수록 더 꼼짝할 수 없는 수렁에 빠진 기분이었다. 출판사들은 차일피일 지불을 미뤄 포기하게 만들거나, 준다 해도 몇 달에 걸쳐 주었으며, 그렇게 받은 원고료는 생활비에도 못 미쳤다. 아내는 가난에 허덕이다 병에 걸렸고, 병이 완치된 후에는 아이가 생겼다. 당연히 더 죽어라 일해야 했다. 경제적으로 추락하는 데는 날개가 없었다. 이대로 가다가는 마흔 살이 넘고 쉰 살이 되어도 인도 여행은 불가능했다.

어느 날, 잠에서 눈을 뜬 나는 나 자신이 미라가 된 환영을 보았다. 이집트 무덤에서 발굴된 것과 같은 천 년 된 미라. 몸을 감싼 천을 벗기고 내부를 CT 스캔한다 해도 미라의 주인공이 생전에 가졌던 못 이룬 꿈은 알 길이 없다.

마침내 만삭이 가까워 오는 아내에게 이해를 구하고 돈 되는 물건을 다 팔아 최소한의 생활비를 손에 쥐여 준 뒤 인도의 명상 센터로 떠났다. 여비가 부족해 가계부 쓰듯 밤마다 돈 계산을 해야 했다. 그래서, 한 달 뒤에 돌아와서는 영적 자유를 얻었는가? 아이를 키우기 위해 더 많은 돈이 필요했고, 또다시 인도에 가려고 더 많은 밤을 새워 일해야 했다.

그때의 문장들이 나를 키웠다. 절실했고, 주위에서 미쳤다고 할 만큼 일에 몰두했다. 좌절감이 들 때도, 혼자서 희망에 들떠 머리가 뜨거울 때도 글을 썼다. 현실에서 살아남고 꿈을 이루기 위해서는 다른 길이 없었다. 영적 가르침이 담긴 책들을 번역했지만, 돈이 필요해서 죽어라고 일했다는 것을 부끄럽게 생각하지 않는다. 그 노동에 몸을 바치지 않으면 영적 자유에 근접조차 할 수 없었기 때문이다. 돈을 원한 것이 아니라 꿈을 원했다.

무명작가였던 도스토예프스키를 세계적 문호로 만든 원동력은 돈이었다. 지주 계급 출신이어서 경제적으로 자유로웠던 투르게네프나 톨스토이와 달리, 도스토예프스키는 빈민구제병원 의사인 아버지에게서 물려받은 약간의 재산을 다 써 버린 후 한 푼의 원고료라도 더 받기 위해 글쓰기에 매달렸다. 늘 돈이 궁색해 글 쓰기 전에 먼저 원고료를 받았으며, 빚을 갚기 위해 아플 때나 건강할 때나 슬플 때나 기쁠 때나 글을 써야 했다. 그렇게 해서 『가난한 사람들』과 『죄와 벌』 같은, 돈 문제를 사회적 문제로 다루는 것을 넘어 심리적 고찰의 대상으로 접근한 명작이 탄생했다.

미국 작가 레이먼드 카버는 고등학교를 졸업한 해에 결혼해 스무 살에 이미 두 아이의 아버지가 되었다. 가족을 부양하기 위해 제재소 일꾼, 배달부, 주유소 직원, 건물 수위, 화장실 청소부 등 안 해 본 일이 없었다. 일이 끝나면 집에 돌아와 차고에서 글을 썼다. 당장 원고료가 필요했기 때문에 짧은 시간에 완성할 수 있는 단편소설을 주로 썼다. 그렇게 매일 글을 쓴 결과 20년 후에는 단편소설의 대가가 되어 있었다. 카버로 인해 1980년대 미국 문학은 단편소설 르네상스를 맞이했다. 쉰 살에 세상을 떠나지만 않았다면 단연코 노벨 문학상을 받았을 것이다.

찰스 디킨스는 단어 수만큼 원고료를 받았기 때문에 단어를 계속 늘리다가 전 세계 2억 부 넘게 팔린 소설 『두 도시 이야기』의 명문장들이 만들어졌다. 모두가 인용하는 소설의 첫 단락도 단어들을 늘려 쓴 결과물이다.

"최고의 시간이자 최악의 시간이었다. 지혜의 시대이자 어리석음의 시대였다. 믿음의 세월이자 의심의 세월이었다. 빛의 계절이자 어둠의 계절이었다. 희망의 봄이자 절망의 겨울이었다. 앞에 모든 것이 있으면서 앞에 아무것도 없었다. 천국을 향해 가고 있으면서도 반대 방향으로도 가고 있었다."

나의 시간과 나의 계절이 그러했다.

지난해, 인도 정부의 초청을 받았다. 비행기표와 숙소를 제공해 주는 특별 초대였다. 하지만 사양하고 다른 인도사 교수를 추천했다. 감사한 일이지만, 총리를 만나고 공식 행사에 참석하는 일이 내게는 어울리지 않았다. 그리고 내가 일해서 번 돈으로 여행하는 것이 나는 좋다. 만약 그때, 사람들이 여행 경비를 대 주고 푹신한 슬리핑백까지 사 줬다면 내 삶이 많이 달라졌을 것이다. 절벽 끝으로는 가지 않고 가짜 날개로 자유로운 시늉을 했을지 모른다. 끝내 현실로 돌아오지 못했을지도. 그때 도움을 주지 않은 이들이 절벽으로 밀어 줘서 날 수 있었다.

힘든 시절이 행복한 결말을 가져다준다고 말하려는 것은 아니다. 그렇게 절실하지 않았다면 경험하지 못했을 나 자신에 대해 말하려는 것이다. 돈이 전부가 아니라고 말할 수 있다면 행복한 삶이리라. 그러나 돈이든 그 무엇이든, 지금 '절벽 끝'에 몰려 있다고 불행한 것만은 아니다. 그것은 우리를 갑자기 절실하게 만든다. 그 중요한 순간에 생명력이 솟고 우리는 신이 토해 내는 숨결이 된다. 세상은 바뀌지 않을 것이다. 그리고 도망칠 곳은 없다. 그때 우리는 스스로 하늘을 만들고 자신도 몰랐던 날개가 돋는다. 무엇인가 절실하게 갈구한 모든 순간이 날개였다. 그 절박함과 간절함이 내게는 날개였다. 날개를 잃었다면 떠올려 보라, 날개가 돋았던 어느 순간을.

그래서 나는 꿈꾸었던 영적 자유에 이르렀는가? 그것은 아마도 죽는 순간 천사의 물음에 답해야 할 것이다.

베네딕트회 소속의 빌리기스 예거 신부는 저서(『파도가 바다다』)에서 다음의 이야기를 들려준다.

나이 많은 여인이 옷들을 다림질하고 있다. 그때 그녀를 데려갈 천사가 와서 말한다.

"시간이 되었다. 이제 가자."

여인이 말한다.

"좋아요, 하지만 먼저 다림질을 끝내야만 해요. 나 대신 누가 이 일을 하겠어요? 그리고 음식도 만들어 놔야 해요. 딸이 가게에서 일하기 때문에 일 끝나고 집에 오면 뭐라도 먹어야 해요. 상황을 이해하시겠어요?"

천사는 사라졌다가 얼마 후 다시 찾아온다. 집 나서는 여인을 발견하고 천사가 말한다.

"이제 가자! 떠날 시간이다."

여인이 말한다.

"하지만 먼저 양로원을 방문해야만 해요. 열 명 넘는 노인들이 나를 기다리고 있어요. 가족들로부터 버림받은 사람들이에요. 나도 그런 식으로 그들에게 실망을 안겨 줘야만 할까요?"

천사는 얼마 후 다시 와서 말한다.

"시간이 되었다! 얼른 가자!"

여인이 말한다.

"나도 알아요. 하지만 내가 떠나면 누가 내 손자를 유치원에서 데려오죠?"

천사는 한숨을 쉰다.

"그럼 그대의 손자가 혼자 걸어서 집으로 올 수 있을 때까지 기다리겠다."

몇 년 후 여인은 피곤한 얼굴로 집 앞 의자에 앉아 생각에 잠겨 있다.

'지금쯤 나를 데려갈 천사가 올 수도 있겠지? 모든 일을 끝냈으니 영원한 행복이 기다리는 곳으로 가면 좋으련만.'

천사가 오자, 여인이 묻는다.

"이제 나를 영원한 행복이 머무는 곳으로 데려갈 건가요?"

천사가 놀라며 묻는다.

"그럼 자신이 지금까지 어디에 있었다고 생각하지?"

깃털의 가벼움이 아니라
새의 가벼움으로

나의 지음을

찾아서

오래 알고 지낸 사람으로부터 은목걸이를 선물받았는데, 네모난 펜던트에 새겨진 라틴어 문구가 마음에 들어 한동안 하고 다녔다. 플라톤의 저서 『알키비아데스I』에서 소크라테스가 한 말이다.

'영혼이 자신을 알고 싶으면 다른 영혼을 마주해야 한다.'

『열자』에 나오는 이야기가 있다. 중국 춘추전국시대 때 진나라에서 관직을 지낸 백아라는 이가 있었다. 젊었을 때 성연에게서 거문고를 배웠으며, 얼마 후에는 연주 실력이 수준급에 이르렀다. 그러나 자신에게 감명 주는 것들을 아직 제대로 표현하지 못한다고 스스로 느꼈다. 그의 마음속에 무엇이 있는지 알고 있던 성연이 말했다.

"동쪽 바다에 계시는 나의 스승님은 거문고에 능할 뿐 아니라 예술성까지 지도할 수 있으니 찾아가서 가르침을 받아 보자."

백아는 성연의 권유를 받아들여 함께 배에 올라 여행을 떠났다. 동쪽 바다의 섬에 도착하자 성연은 백아에게, 스승을 부르러 가는 동안 거문고 연습을 하며 그곳에서 기다리라고 했다. 그러고는 배를 타고 사라졌다.

백아는 기다리고 또 기다렸으나 성연은 돌아오지 않았다. 그의 마음은 슬픔으로 가득 찼다. 흐르는 물, 날아다니는 갈매기, 고요한 숲이 모두 슬픈 선율을 만들어 내는 것만 같았다. 무수한 감정이 마음속에 차오르자 그는 거문고를 펼쳐 즉흥곡을 연주하기 시작했다. 그러면서 자신의 음악에 더 많은 표현력이 생겼다는 것을 깨달았다. 백아가 자연의 품에서 영감을 얻도록 성연은 일부러 그를 홀로 남겨 둔 것이다.

그렇게 해서 백아의 거문고 연주는 높은 경지에 이르렀다. 하지만 그의 음악을 세상 사람 모두가 이해한 것은 아니었다.

어느 날 백아는 순회 공연 중에 태산 아래를 흐르는 강에서 배를 타고 있었다. 갑자기 폭풍우가 몰아쳐 감성을 자극했고, 백아는 산기슭에서 비가 멎기를 기다리며 거문고를 꺼내 연주를 시작했다. 누군가가 듣고 있다는 느낌이 들자 선율이 더욱 살아났다.

연주를 마치자, 저만치에서 비를 피하고 있던 젊은 나무꾼이 말했다.

"이것은 분명 비가 휘몰아치는 소리이군요."

반가운 마음에 백아는 그 사람을 위해 손가락에 힘을 주고서 산의 웅장함을 찬미하는 곡을 연주했다. 그러자 나무꾼이 감탄하며 말했다.

"하늘에 닿는 태산처럼 선율이 웅장하고 위엄이 있습니다!"

백아는 이 사람이 자신의 음악을 이해한다는 것을 알았다. 열정으로 가득차서 이번에는 거센 물결을 담아 연주하자 나무꾼이 말했다.

"지금의 곡조는 끝없이 넓은 강물을 보는 것 같습니다!"

평생 산지기로 살았는데도 나무꾼은 백아의 거문고에 실린 감정을 정확하게 이해했다. 백아는 거문고를 내려놓고 나무꾼을 배로 초대해 손을 잡았다. 그리고 말했다.

"내 가슴의 친구를 드디어 만났습니다! 당신만이 진정 나의 음을 알아들을 수 있습니다."

비가 그치자 두 사람은 배에 앉아 대화를 나누었다. 백아는 나무꾼의 이름이 종자기이며, 지식과 꿈을 가진 청년임을 알게 되었다. 『열자』의 기록에 따르면 백아는 현격한 신분 차이에도 불구하고 자신의 음악을 진정으로 이해하는 종자기와 첫 만남에 좋은 벗이 되었으며, 멀리서 보면 친형제와 같았다.

두 사람은 백아가 순회 연주를 마치고 돌아오면 다시 만날 것을 약속하며 헤어졌다. 그렇게 일 년의 시간이 흐르고 백아가 찾아갔을 때 종자기는 병으로 세상을 떠난 후였다. 백아는 너무 슬퍼서 종자기의 무덤 앞에서 통곡하며 슬픈 곡을 연주했다. 그리고 눈물을 흘리면서 "이제는 내 음악을 들을 줄 아는 '지음知音'이 없으니 어찌하면 좋은가!"라고 말하고 거문고를 부숴 버렸다. 그 후 다시는 연주를 하지 않았다고 한다. 자신의 음을 이해하는 사람이 이 세상에는 더 이상 존재하지 않는다고 여겼기 때문이다. 이후 음악을 이해한다는 뜻의 '지음'은 마음이 서로 통하는 벗을 비유적으로 이르는 말이 되었다.

백아는 거문고를 통해 자신의 마음을 연주했고, 종자기는 그 음악을 통해 백아의 마음을 이해했다. 거문고를 매개로 두 사람은 단순히 음악 세계만이 아닌 마음의 세계가 일치했다.

그러한 지음이 당신에게는 존재하는가? 혹은 당신 자신이 누군가의 지음인가? 인간이 가질 수 있는 가장 의미 있는 관계는 나의 '음'을 이해하는 사람과의 만남이다. 처음 만났는데도 내 마음속 '음'을 아는 사람, 마치 몇 생을 알고 지낸 것처럼 느껴지는 사람, 이유도 모른 채 바로 마음이 연결되는 사람, 무슨 말을 할지 마음에 품기도 전에 어느새 알고 있는 사람.

지음은 단순히 비슷한 성격이나 취미를 가진 것을 뛰어넘어 영적 유대감으로 이어져 있으며 정신적, 정서적, 영적 차원에서 동일한 감수성과 파동으로 공명한다. 태어나기 전에 선택한 가족이 더 이상 자기 운명의 실현을 지원하지 않는다면 내 마음의 음을 아는 사람을 찾기에 언제라도 늦지 않다. 최악의 일은 혼자 삶의 시간을 보내는 것이 아니라 혼자라고 느끼게 만드는 사람들과 삶을 보내는 것이다.

당신 안에는 당신 자신도 알지 못하는 음악이 존재한다. 그 음악을 이해하는 이가 당신의 지음이다. 하지만 당신이 먼저 자신의 음을 발견해야 한다. 자신의 음에 스스로 귀를 닫아서는 안 된다.

우리는 서로를 발견하기 위해 먼 시간의 대양을 건너왔다. 자신의 음, 특히 영혼의 음을 이해하는 사람을 만나는 것은 삶이 가져다주는 행운이고 축복이다. 나의 '음'이 불협화음이 아니며 내가 이상한 사람이 아님을 확인해 주는 이, 그래서 아직은 미숙하고 불안정한 나의 음에 힘과 마법이 깃들게 하는 이가 나의 지음이다.

그대, 얼마나

멀어졌는가

'바이올린의 시인'으로 불리는 우크라이나 출신의 바이올리니스트 다비드 오이스트라흐는 자신의 이전 연주를 듣는 것을 좋아하지 않는다고 말했다. 그때보다 지금의 연주 실력이 더 못할까 봐 두렵다는 것이다. "그가 연주를 시작하면 세상이 더 아름답게 변했다."라는 찬사를 듣는 명연주자가 되었는데도, 과거의 연주가 서툴고 부족해서가 아니라 오히려 지금의 연주가 젊었을 때보다 나빠졌을까 봐 겁난다는 것이다.

우리 역시 그럴 때가 있다. 과거의 자신을 돌아보는 것이 두려울 때가. 비록 설익었을지라도 그 시절의 순수와 사랑으로부터 멀어진 현재의 나를 확인하게 될까 봐서.

내가 클래식 음악에 입문한 것은 대학교 1학년 때 서울 무교동에 있는 고전음악 감상실 르네상스를 드나들면서부터이다. 처음에는 며칠에 한 번씩 가다가 나중에는 학교 수업도 빠지고 일주일 내내 가기도 했다(낙제한 것이 당연하다). 창구에서 입장료를 내고 티켓을 받아 안으로 들어가면 작은 카페처럼 생긴 대기실에 테이블 몇 개가 있고, 종업원이 입장권을 확인한 후 오렌지 주스 한 잔을 가져다주었다. 물을 많이 타서 노란 주스 사이로 물결이 보일 정도였다.

그만큼 물자가 귀한 시대였다. 하지만 클래식 LP 음반만큼은 바닥에서 천장까지 가득 꽂혀 있었다. 감상실 사장 부부가 6.25 전쟁 때에도 그 음반들을 리어카에 싣고 피난 다녔다고 했다.

물 탄 주스로 목을 축이고 나서 붉은색 커튼을 젖히고 어두운 감상실 안으로 들어가면 네모난 팔걸이 철제 의자들이 소극장처럼 줄지어 놓여 있고, 사람들이 무대 좌우의 대형 스피커에서 울려퍼지는 음악에 심취해 앉아 있었다. 나 역시 깜깜한 어둠 속에서 스프링 튀어나온 의자에 기다란 몸을 구기고 앉아 몇 시간이고 장엄한 선율에 파묻히곤 했다.

간혹 내 또래의 청순한 여성도 있었으나, 스무 살 나이에 세상의 고뇌를 다 짊어진 듯한 인상의 나를 비롯해 감상실 안에는 일본 만화에 나올 법한 인물들이 많았다. 이태리 유학을 꿈꾸지만 음악 지식과 콧수염밖에 가진 게 없는 무명의 디제이에서부터 언제나 시선을 오른쪽 위로 향하고 앉아 있다가 갑자기 수첩에 악상을 휘갈기는 무명의 작곡가(나중에 알고 보니 오른쪽 눈이 약간 사시였다), 원고지에 쓴 장편소설 한 편을 15년째 다듬고 있으면서 젊은 여성이 앞에 앉으면 교정을 봐 달라며 읽게 하는 무명의 소설가(그로부터 15년 후에 우연히 만났을 때도 그는 그때까지 그 걸작 소설을 수정 중이었다), 가슴 한가운데를 수직으로 칼로 베인 듯 늘 새빨간 넥타이를 매고 나타나는 무명 화가, 그리고 랭보를 능가하지만 아직은 난해한 무명 시인에 불과한 나를 포함해 모두가 무명의 인간들이었다.

언제나 니체의 책을 들고 다니지만 한 번도 읽지 않은, 하지만 너무 오래 들고 다녀서 표지가 해지고 수십 번 읽은 것처럼 보이는 비결을 터득한 철학과 복학생도 있었다. 그는 마치 삶이라는 책을 들고 다니지만 한 번도 제대로 펼쳐 본 적 없는 우리를 각성시키려는 듯 고독한 선지자 같은 자세로 등장하곤 했다.

그중에서도 유독 내 관심을 끈 이는 베레모 쓴 무명의 지휘자였다. 하루는 안쪽 감상실에서 라흐마니노프에 몰입해 있다가 문득 눈을 뜨니, 맨 앞줄 스피커 앞에서 한 남자가 열심히 오케스트라 지휘를 흉내 내고 있었다. '열심히' 정도가 아니라 과격할 만큼 팔을 휘저으며 세계적인 지휘자 카라얀을 압도했다. 어두운 감상실에서 실루엣처럼 보이는 그의 지휘 광경은 상상 속 관현악단의 악기들을 지휘하다 못해 자기 인생의 다양하게 억눌린 감정들을 마구 휘젓는 듯한 분위기를 자아내었다. 그러면서도 그의 손가락 끝은 대형 스피커에서 쏟아져 나오는 음의 높낮이나 장단과 정확히 일치했다. 라흐마니노프의 유명한 피아노 협주곡이든 대부분의 사람은 들어 본 적 없는 쇤베르크의 「정화된 밤」이든 그의 능란한 지휘에 따라 음들이 춤을 추었다. 그만큼 클래식에 정통한 사람이었다.

하루도 아니고 여러 날, 한 곡도 아니고 수십 곡을 그의 지휘와 함께 감상하다 보니 이루 말할 수 없이 내 영혼이 중독되었다. 다른 사람들은 그러거나 말거나였지만 무명의 소설가는 그를 미친 사람으로 취급했다(특히 청순한 여성들 앞에서는). 원래 미친 사람이 자기보다 더 미친 사람을 경계하기 마련이다. 일종의 질투 심리일 수도 있다. 정상인들 속에서는 자신이 더 정상인인 것처럼 행동하지만, 미친 사람들 속에서는 자신이 더 미친 사람인 것처럼 행동하는 묘한 심리가 있다. 폭력배들 속에서 자신이 가장 비폭력적인 것처럼 행동하는 폭력배를 본 적 있는가? 등짝 가득 문신을 한 사람들 속에서 눈썹 문신밖에 안 한 사람의 심정이 되어 보라.

하지만 미친 세상을 미치지 않고 어떻게 살아가겠는가. 그의 상상 속 지휘에 동화된 나는 조금씩 앞줄로 옮겨 갔고, 마침내는 그의 바로 뒷자리에 앉게 되었다. 그리고 나도 모르게 엉거주춤 의자에서 일어나 그의 지휘를 따라 하기 시작했다. 사람들은 난데없이 흑백 애니메이션 속 두 실루엣의 미친 지휘를 감상하게 되었다. 내가 자기를 흉내 낸다고 오해한 그 무명의 지휘자가 화내며 자리를 박차고 나가 버리기 전까지는. 자기보다 더 광적으로 팔을 흔들어 대는, 인생 햇병아리이지만 더 많이 미쳐 보이는 나를 질투한 것일까?

어쩌다 고상한 고전음악을 감상하러 온 사람들은 우리를 보잘것없는 사회 부적응자들로 여겼지만, 니체가 말했듯이 우리가 더 높이 날아오를수록 '날지 못하는' 사람들 눈에는 우리가 더 작아 보이기 마련이었다. 우리는 비정상적인 세상에 사는, 나름 정상적인 인간이라 자부했다.

그때의 나를 돌아보는 것이 망설여질 때가 있다. 스무 살의 나로부터 내가 너무 멀어졌을까 봐. 입장료 낼 돈이 없어 콧수염 기른 멋쟁이 디제이에게 사정을 말하고 사장 부부가 없을 때만 무료로 입장할 수 있었다(그 디제이가 훗날 내 결혼식 때 피아노 연주를 해 주었다). 하지만 입장 티켓이 없는지라 오렌지 주스는 마실 수 없었다. 물결이 어른거리는 주스였지만, 음악 감상실이 있는 5층까지 걸어 올라가면 당이 떨어져 그 주스가 몹시 당겼으나 어쩔 도리가 없었다. 그래서 얼른 감상실 안으로 들어가 어둠과 음악 속에 파묻히곤 했다. 그 시기 그 고독 속에서 떠오른 시가 「그대가 곁에 있어도 나는 그대가 그립다」였으며, 마음의 저 근원에서부터 어디론가 진실된 것을 찾아 멀리 가 봐야겠다는 생각이 움텄다. 몇 년 후, 그 장소가 인도로 정해졌다.

세월이 흘러 르네상스 음악 감상실도 문을 닫고, 애니메이션이 까만 화면과 함께 끝나듯이 그곳에 오던 사람들도 어둠 속으로 사라졌다. 하지만 다비드 오이스트라흐가 연주하는 쇼숑의 「시곡」이나 막스 브루흐의 「스코틀랜드 환상곡」을 듣고 있으면 그 사람들이 전부 살아나 물 탄 오렌지 주스 마시며 소설을 수정하고, 사시 눈의 작곡가는 마침내 대작을 완성하고, 여성들은 그 시절 그리운 모습으로 돌아간다. 고독한 선지자는 니체의 문장에 연필로 밑줄을 긋고, 박치인 젊은 시인과 광기 어린 지휘자는 함께 상상 속 인생 관현악단을 지휘한다.

어느 날 인도 델리의 국내선 공항 대합실에 앉아 비행기를 기다리는데 푸나행 비행기 탑승수속을 알리는 방송이 흘러나왔다. 그 순간, 시간이 정지하고 심장이 멎어 나도 모르게 가슴으로 손을 가져갔다. 음악 감상실이 문을 닫고 처음 도착한 인도의 새벽, 명상 센터로 걸어가던 그 도시의 이름을 어떻게 잊을 수 있겠는가. 그때의 내가 저 멀리 안개 자욱한 바니얀 나무 아래서 나를 바라보며 묻는 듯했다. 그대, 얼마나 멀어졌느냐고. 그 시절의 꿈, 그 시절의 자신으로부터.

모든 뱀이

밧줄은 아니다

당분간 집필실로 사용하게 된 서귀포의 돌집이 귤밭 안에 있는 까닭에 귤농사를 자진해서 떠맡게 되었다. 농약을 전혀 쓰지 않기로 해서 일이 많았다. 돌아서면 우르르 자라나는 풀들을 베어야 하고, 줄기에 달라붙은 깍지벌레도 일일이 잡아야 했다.

달팽이가 증식하는 날에는 귤 수확이 전멸이다. 달팽이 한 마리의 이빨이 무려 2만 개라는 사실을 그때 알았다. 사람이 그렇다면 임플란트 비용을 어떻게 감당하나? 전에 이 밭에서 귤농사를 지은 남자는 임플란트를 세 개 해 넣었는데, 마치 그것이 달팽이 때문인 양 세상에서 가장 '이'가 갈리는 존재가 달팽이라고 했다. 달팽이가 2만 개의 이빨로 한번 찜으면 귤은 금방 썩는다. 내가 첫 해에만 손으로 직접 잡은 달팽이가 5천 마리가 넘었다.

풀 베랴, 달팽이 잡으랴, 근처 수도원에서 몇 트럭 얻어 온 퇴비 뿌리랴, 혼자서는 감당할 수 없는 일이어서 방문객(정확히 말하면 나의 독자들)의 호의적인 품앗이에 의존할 때도 있었다. 서울에 살 때는 누가 만나자고 하면 '안타깝게도 다음 주에 인도에 간다.'고 둘러댔지만, 제주도에 여행차 왔다가 나를 만나고 싶다고 하면 '다른 날에는 육지에 가지만 마침 그날은 틀림없이 제주도에 있다.'고 우연인 듯 인연인 듯 환영했다.

내 독자들은 얼마나 선한가! 얼굴이 흙투성이가 되어서도 힘들다고 투정 부린 적 없고, 귤 열매 속에 웃음을 불어넣고 떠난다. 제주도에서 가장 맛있는 귤이 이 밭에 주렁주렁 열리는 것은 순전히 그이들의 노동과 웃음 덕분이다.

"뱀이다! 여기 뱀이 있어요!"

한번은 나를 만나러 온 독자가 귤밭에서 달팽이 잡다가 비명을 질렀다. 그 소리에 풀숲에 숨어 있던 꿩이 후드득 날고, 다른 사람들은 놀라서 그쪽으로 가지도 못하고 엉거주춤 서 있었다. 잎 뒤에 숨은 달팽이 하나를 떼내 생수병에 밀어넣으며 내가 소리쳐 말했다.

"뱀이 아니라 밧줄이에요. 무서워할 필요 없어요."

흔히 밧줄을 뱀으로 착각한다. 특히 풀이 많은 곳에서는 뱀이 나오지 않을까 염려하는 마음 때문에 지레 밧줄을 뱀으로 오인하기 쉽다.

여기서 잠시, 영적 교사로 활동하는 바이런 케이티의 경험담을 인용해야겠다. 그녀는 평범한 주부로 살다가 이혼을 계기로 마음의 병이 깊어져 병원에 입원했다. 그리고 어느 날 홀연히 고통이 사라진 절대 기쁨의 상태로 깨어났다. 그때 그녀가 발견한 진실은, 모든 괴로움의 원인은 자신의 생각을 사실로 믿기 때문이라는 것이다. 어느 날, 그녀는 모하비 사막을 걷다가 커다란 녹색 방울뱀과 마주쳤다. 하마터면 뱀을 밟을 뻔했다. 주위에 아무도 없었고, 두려움으로 몸이 마비되었다. 그러다가 용기 내어 뱀을 똑바로 바라보았다. 놀랍게도 그것은 밧줄이었다! 그녀는 바닥에 주저앉아 웃다가 울었다. 어이가 없어서 한참 동안 밧줄을 바라보았고, 심지어 쿡쿡 찔러 보기도 했다. 그녀는 말한다, 온 세상이 이 뱀처럼 다가올 수 있다고. 심장이 쿵쾅거리고 무서워 죽을 것만 같지만, 사실 그 뱀은 밧줄일 뿐이라고.

생수병 입구로 기어올라오는 달팽이들을 아래로 떨어뜨리며 내가 다시 소리쳐 말했다.

"손으로 쿡쿡 찔러 봐요. 밧줄이니까 겁먹지 말고."

그 독자가 아까보다 더 새된 소리로 비명을 질렀다.

"뱀이 틀림없어요. 밧줄이 어떻게 혀를 날름거려요? 으흐흐, 나 어떡해요?"

"혀가 아니라 밧줄에 달린 실밥이에요."

내가 확신에 찬 목소리로 안심시키자 사람들이 그곳으로 몰려갔다. 그리고 5초 뒤 모두 비명을 지르며 사방으로 달아났다.

"뱀이다! 정말로 뱀이에요!"

내가 장화를 고쳐 신고 풀을 헤치며 그곳으로 갔더니, 뱀 모양을 한 밧줄이었다. 아니, 더 자세히 보니 밧줄 모양을 한 뱀이었다! 새로 나타난 장발머리 인간을 향해 갈라진 혀를 날름거리는 유혈목 독사였다.

겁에 질려 오금을 오그리고 서 있는 그녀의 팔을 잡아 뱀의 송곳니가 닿지 않는 곳으로 멀찌감치 피신시켰다. 그녀는 내 비상약으로 보관해 둔 한 개밖에 없는 청심환을 먹고 돌집에 누워 있다가, 가끔 집 안으로도 뱀이 들어온다고 겁을 주자 아악! 하고 비명을 지르며 혼비백산 떠났다.

그날 귤밭에 나타난 뱀은 나에게 큰 깨달음을 주었다. 뱀이라고 놀라서 소리치는 사람에게 밧줄이니 두려워하지 말라고 섣불리 말해서는 안 된다는 것을. 고통받는 사람에게 그 고통이 생각이 지어낸 허상임을 알아차리기만 하면 기쁨으로 가득하게 될 것이라고 함부로 충고해서는 안 된다. 밧줄이 어떻게 무서운 혀를 날름거리냐는 말이 옳다.

물론 생각은 때로 맹독 가진 뱀과 같아서 삶을 피폐하게 만든다. 하지만 마음의 병으로 입안이 헐 정도로 고통받는 사람에게는 지금 고통받고 있음은 단순히 생각의 문제가 아니라 실존의 문제이다.

한 여성이 있었다. 스물한 살에 만난 남자와 9년 연애 끝에 결혼했다. 네 번째 결혼 기념일을 며칠 앞두고 남편이 혈액암 판정을 받았다. 그리고 얼마 못 가 기약 없는 이별을 하고 말았다. 이십 대부터 삼십 대 중반까지 그 남자 없는 삶은 생각한 적도, 상상한 적도 없었다.

그녀는 도무지 실감 나지 않는 현실에 바로 회사에 출근했고, 남편에게 잘 살고 있는 모습을 보여 주기 위해 가족과 친구들까지 잘 이겨내는 중이라고 생각할 만큼 속에 있는 슬픔과 그리움을 꾹꾹 누르며 지냈다. 그러다가 스스로 이상함을 느껴 심리상담사를 찾았고, 우울증 진단을 받았다.

결국 '마음 병가'를 얻어 몇 달 회사를 휴직하고 약에 의지해 살았다. 나중에는 공황장애까지 찾아왔다. 세상을 떠난 남편에게 나약함을 보여 주는 것이 속상하고, 스스로 이것밖에 안 되는 사람이었는지 자책하며 하루하루를 보냈다. '신은 왜 나에게 이런 고통을 주었나? 나는 이 고통을 버틸 수 있는 사람이 아닌데……. 삶이란 여행과 같으니 이 삶이 끝나면, 이 여행이 끝나면 다시 남편과 함께할 수 있는 것인지…….' 그렇게 혼자 중얼거리며.

남편을 잃은 것은 전부를 잃은 것이었다. 가장 친한 친구, 소울메이트, 웃음과 유희 전부를. 그리고 인생의 지도를. 그녀는 이 고통을 뒤로하고 '인도의 뒷골목으로 사라지고 싶다.'고 생각했다. 그래서 나를 찾아왔다. 폭우와 폭염이 사흘돌이로 반복되는 여름날이었다.

나는 반 년을 해외에 있다가 돌아와 폐허처럼 변한 귤밭에서 키 높이로 자란 온갖 풀과 씨름 중이었다. 차분하게 얘기 나눌 수 있는 상황이 아니어서 그녀는 내가 뽑아 놓은 풀더미를 수레에 실어 한곳에 쌓고, 산란기의 달팽이를 잡고, 사흘 뒤에는 직접 예초기를 돌리고, 나흘째 되는 날부터는 귤밭 둘레에 우거진 나무들을 톱으로 잘랐다. 그런 다음 주황색 꽃이 피는 애기범부채 백여 포기를 빈터에 심고, 비에 쓰러져 우는 그 아이들에게 일일이 지지대를 세워 주었다. 전에는 한 번도 해 본 적 없는 일들이었다.

나는 시간이 약이며 결국에는 다 좋아질 것이라고, 모든 고통에는 메시지가 있다고 말하는 부류의 사람은 못 된다. 어떤 경우에는 그렇지도 않은 것이 삶이니까. 부서진 파편들을 서둘러 주워 모으려고 하면 안 된다. 파편에 손을 다친다. 단, 이 한 가지를 나는 안다. 칼 융이 말한 대로, 우리는 아무것도 치유받지 못한다는 것. 그저 놓아줄 뿐이라는 것. 우리는 흉터를 보면서 자신이 상처를 극복했음을 알 수도 있고, 흉터를 보면서 상처 입은 일을 기억할 수도 있다.

다행히도, 파란 바다가 바라보이는 귤밭에서 뙤약볕과 장대비와 풀모기들이 그녀의 아픈 마음을 인정사정 봐 주지 않았다. 더 다행히도, 그녀는 몸은 고되지만 지금 이 순간 마음은 평화롭다고 했다. 그리고 제주도에 온 것이 남편이 준 선물 같다며 눈물 글썽였다. 본래의 밝음과 상실감이 안겨 준 허무, 타고난 장난기와 웃음기 있는 눈과 그 눈빛에 담긴 슬픔, 다른 사람의 목말을 타고 높은 곳의 나뭇가지를 톱질해 자를 정도의 타고난 적극성과 꺾인 날개를 날갯죽지에 매단 처연함을 동시에 지닌 여성이었다. 정말로 신은 왜 그녀에게 그런 고통을 안겼을까?

상실, 오, 우리의 상실이여! 그리고 삶이 선물하는 느린 회복과 소생이여! 나는 시인일 뿐 심리상담사가 아니며, 그녀의 아픔을 해결해 줄 수 있는 능력을 갖고 있지도 않다. 따라서 내가 그녀에게 약속해 줄 수 있는 것은 이 한 가지뿐이었다. 앞으로 언제든 마음이 많이 힘들면, 내가 다시 외국에 나가고 없을 때 이 돌집에 와서 며칠씩 지내다 가도 된다고. 열쇠 두는 곳을 알려 줄 테니.

섬의 태양과 바다, 비에 젖어 검어진 돌들, 그 돌들에 부서지는 파도, 그리고 돌집에서의 날들이 조금씩 그녀를 위로해 나가리라 기대하면서. 그녀가 슬픔을 충분히 겪었다고 판단되면 신이 그 슬픔을 가져갈 테니까.

깃털의 가벼움이 아니라

새의 가벼움으로

　가벼움을 경박함으로 여기는 시각이 나에게 있었다. 가벼움은 비문학적이고, 속물근성의 드러남이며, 추구의 길과는 반대되는 것이라고 치부했다. 그래서 가벼움을 경계하고, 가벼운 철학이 정신에 스며들지 못하게 막았다.

　나로 하여금 글을 쓰도록 떠다민 것 자체가 생의 무거움이라고 할 수 있다. 내 관점에서 가벼움은 곧 의미와 깊이의 부족이었다. 그래서 가벼운 상승기류를 타고 날아가지 않도록 밤마다 묵직한 번민의 돌로 내 혼을 눌러 놓았다.

　나뿐 아니라 작가는 가벼움보다는 무거움에 대해 할 말이 더 많다. 모든 인간의 공통된 상황인 고독과 절망, 혼돈과 모순을 외면하고 어떻게 예술을 할 수 있는가. 수행과 추구 역시 자신의 발목에 드리워진 쇠사슬에서 벗어나려는 시도에 다름 아니다.

고흐가 그랬고 싯다르타가 그랬듯이. 빛을 발견하려면 먼저 어둠 속을 더듬어야 한다. 광부는 어두운 갱도 끝까지 파 내려가 중력의 무게에 단단해진 보석을 손에 쥔다.

나는 가벼움을 원 밖으로 밀어냈으며, 유행에 휩쓸려 다니는 어린 영혼들은 나의 원 안에 들어올 수 없었다. 그들의 숨과 내 숨의 결이 다르다고 생각했다. 삶과 죽음의 문제 어디에 가벼움이 있는가? 우주 공간을 운행하는 행성들과 블랙홀까지도 무거움을 시연하고 있다. 삶이란 진지하고 숙연한 과제인데, 세상은 경박한 소란으로 가득하고 꾸며낸 깊이밖에 없다는 것이 내가 내린 결론이었다.

그 결과 사람들은 내 앞에 오면 심각해지고 무거워졌으며, 나와 비슷한 성향의 사람들만 주위에 모이게 되었다. 하루는 열 명 가까운 남녀가 내 집필실에 모여 앉아 있는데, 서로를 압도하는 검은색 옷차림과 비장한 얼굴들로 인해 특수 분장을 하지 않아도 컬트 무비 촬영이 가능할 정도였다. 내가 "왜 다들 이렇게 표정이 어두워? 왜 심각한 거야? 무슨 일 있어?" 하고 묻자 모두 당황하고 어리둥절해했다.

나 자신과 주위의 무거움에 물린 나머지 나는 차츰 재미있고, 덜 심각하고, 마음이 더 열려 있으며, 감정이 덜 분열증적인 사람을 좋아하게 되었다. 더 단순하고, 세상에 대해 더 분명한 애정을 품고 있는 사람을.

그러던 어느 날, 프랑스 시인 폴 발레리의 다음 문장을 발견하고 큰 깨달음을 얻었다.

'깃털의 가벼움이 아니라 새처럼 가벼울 수 있어야 한다.'

바로 그것이 내가 무의식적으로 추구한 것이었다. 깃털의 가벼움이 아니라 새의 가벼움! 그래야 비상할 수 있고, 정신의 자유를 누릴 수 있고, 높은 곳에서 멀리 볼 수 있다.

깃털처럼 중심도 방향도 없이 이리저리 부유하는 것이 아니라 새처럼 가볍게 날 수 있어야 한다. 새는 뼛속에 공기가 통하는 공간이 있어서 비행할 수 있듯이 존재 안에 자유의 공간이 숨 쉬고 있어야 한다. 그것은 경박한 가벼움이 아니라 자유를 품은 가슴의 가벼움이다.

깨달음에 이른 후 싯다르타가 제자들에게 한 첫 번째 강의는 '인생은 괴로움이고 고통이다.'라는 것이었다. 불교도뿐 아니라 비불교도들도 이 진리에는 동의한다. 그런데 모든 불상은 왜 고통스러운 얼굴이 아니라 입가에 희미한 미소를 짓고 있을까? 심지어 크게 웃는 불상도 있다. 그렇다면 생에 대한 정의는 괴로움에서 출발해 궁극의 웃음으로 나아가는 과정이 아닐까? 자신을 생각의 무거움으로 짓누르는 시기를 지나 경쾌한 혼의 길로 나아가는 것.

나는 티베트 여행 중에 밀라레파가 수행했다는 동굴을 찾아갔다. 밀라레파는 티베트 불교에서 최고의 수행자로 추앙받는 인물이다. 부자 집안의 아들로 태어났으나 아버지가 일찍 돌아가시면서 삼촌과 숙모에게 전 재산을 강탈당했다. 말할 수 없는 고난과 시련을 겪은 어머니는 밀라레파에게 흑마술을 배우게 해 삼촌의 일가친척을 몰살시켰다. 문헌에 기록된 수행자들 중에서 가장 무겁고 어두운 삶이다.

밀라레파는 자신의 죄를 뉘우치며 눈물로 지새다가 스승을 찾아가 가르침을 받는다. 그리고 히말라야 동굴 속에서 무명천 한 조각만 걸치고 고행을 시작한다. 쐐기풀로 만든 죽만 먹었기 때문에 몸이 파랗게 변해 동물로 오해한 사냥꾼이 활을 쏘았을 정도였다. 그렇게 싯다르타의 고행에 버금가는 수행으로 깨달음에 이른 밀라레파는 하늘을 날 수 있게 된다! 그는 어떻게 마침내 날 수 있게 되었을까? 나는 이것이 생각의 무거움을 이겨 내고 혼의 가벼움에 이른 최고의 은유라고 생각한다. 날 수 없다면 정신적 자유에 이르지 못한 것이다.

양쪽 어깨에 날개를 달고 있다 해도 마음의 유연함이 부족하면 기쁨이 사라진 삶을 살게 된다. 다시 밑줄 긋지만, 가벼움을 향해 나아가야 한다. 깃털의 가벼움이 아니라 새의 가벼움을 향해. 새가 경박하다고 누가 말하나? 새가 무겁다고 누가 말하나?

우리는 온갖 생각들로 정신을 무겁게 만든다. 그래서 깊이가 있는 것처럼 보인다. 아직 늦지 않았다면, 내가 그동안 쓴 모든 무거운 글들과 나를 지배한 어두운 상념들에게 손 내밀어 화해를 청하고 싶다.

영국 소설가 올더스 헉슬리가 소설 『섬』에서 썼다.

"마음이 어두운가? 그것은 너무 애쓰기 때문이라네. 가볍게 가게, 친구여, 가볍게. 모든 걸 가볍게 하는 법을 배우게. 설령 무엇인가 무겁게 느껴지더라도 가볍게 느껴 보게. 그저 일들이 일어나도록 가볍게 내버려 두고 그 일들에 가볍게 대처하는 것이지. 짊어진 짐들은 벗어던지고 앞으로 나아가게. 너의 주위에는 온통 너의 발을 잡아당기는 모래 늪이 널려 있지. 두려움과 자기 연민과 절망감으로 너를 끌어내리는. 그러니 너는 매우 가볍게 걸어야만 하네. 가볍게 가게, 친구여."

함께하는 여행이

너무 짧다

저녁 무렵, 한 젊은 여성이 전철에 앉아 있었다. 창밖으로 노을을 감상하며 가는데, 다음 정거장에서 중년 여인이 올라탔다. 여인은 무슨 이유에선지 큰 소리로 투덜거리며 젊은 여성의 옆자리 좁은 공간에 엉덩이를 들이밀고 끼어 앉았다. 그러고는 막무가내로 그녀를 옆으로 밀어붙이며 들고 있던 짐가방을 그녀의 무릎 위에 걸쳐 놓았다.

그녀가 처한 곤경을 보다 못한 맞은편 남자가 그녀에게, 왜 옆사람의 무례한 행동에 아무 항의도 하지 않고 가만히 있느냐고 물었다.

젊은 여성이 미소 지으며 말했다.

"사소한 일에 화를 내거나 언쟁할 필요는 없지 않겠어요? 우리가 함께 여행하는 시간이 길지 않으니까요. 나는 다음 정거장에서 내리거든요."

함께 여행하는 짧은 시간을, 우리는 얼마나 많은 다툼과 무의미한 논쟁으로 허비하는가? 너무나 짧은 여정에도 불구하고 서로의 단점을 들추고, 잘못을 비난하며, 불쾌감 속에 시간 흘려보내는가? 다음 정거장에 내려야 할지도 모르는데.

작자 미상의 이 이야기의 저자는 우리에게 충고한다.

"누군가가 마음에 상처를 입혔는가? 진정하라. 함께하는 여행이 짧다. 누군가가 당신을 비난하고, 속이고, 모욕 주었는가? 마음의 평화를 잃지 말라. 함께하는 여행이 곧 끝날 것이다. 누군가가 당신을 괴롭히는가? 기억하라, 우리의 여행이 짧다는 것을. 이 여행이 얼마나 길지 누구도 알지 못한다. 그들이 내릴 정거장이 언제 다가올지 그들 자신도 예측할 수 없다."

로마의 공동묘지 입구에는 '호디에 미히, 크라스 티비.'라는 라틴어 문장이 새겨져 있다고 한다. '오늘은 나, 내일은 너.'라는 뜻이다. 오늘은 내 차례, 내일은 당신 차례. 죽음은 누구도 피해 갈 수 없다는 불변의 진리이다. 대구의 천주교 성직자 묘역 입구에도 같은 문장이 적혀 있다고 들었다.

우리에게 필요한 것은 완벽함이나 불멸이 아니라, 여행지에서 불편한 상황을 겪을 때마다 내가 자각하듯이 다음의 사실을 마음에 새기는 일이다.

'나는 이곳에 잠시 여행 온 것이다. 나는 곧 떠날 것이다.'

때로는 그렇게 간단하다. 그것을 받아들이는 순간, 불필요한 감정 소모가 사라지고 부정적인 생각의 무게로 스스로를 괴롭히지 않게 된다. 그리고 현재의 순간에 더 집중하게 된다. 끝없이 계속되리라는 것은 그저 우리의 상상일 뿐이다.

여기, 페르시아 시인 잘랄루딘 루미의 시가 있다.

가까이 오라, 사랑하는 이여.
우리 서로를 어여삐 여기자.
당신과 나
갑자기 사라지기 전에.

역설적이게도 삶의 기쁨은 이곳에서의 나의 머묾이 제한적이고 유한하다는 자각에서 시작된다. 봄의 풀꽃들도 그것을 아는 듯하다. 지저귐을 막 배우기 시작한 어린 새도 안다. 주어진 시간이 많지 않다는 것을. 우리의 가슴 안에 그 새의 공간을 남겨 두어야 한다.

두 명의 음악가가 있었다. 한 명은 타블라 연주자이고, 다른 한 명은 가수였다. 두 사람은 늘 함께 공연하러 다녔으며, 서로를 무척 좋아한 나머지 둘 중 누구든 먼저 죽으면 다른 한 사람의 꿈에 매일 밤 나타나기로 약속했다.

예기치 않게 타블라 연주자가 가수보다 먼저 세상을 떠났다.

하지만 그는 약속에도 불구하고 가수의 꿈에 한 번도 나타나지 않았다. 가수는 마음의 상처를 받고 배신감마저 느꼈다.

한 달이 지났을 때 갑자기 타블라 연주자가 가수의 꿈에 나타났다. 가수는 타블라 연주자를 비난하며 한 달이 되도록 자신의 꿈에 나타나지 않은 것을 나무랐다.

타블라 연주자가 말했다.

"난들 어떻게 할 수 있겠는가? 천국에 가서 하루도 쉴 새 없이 바빴어. 작고한 전설적인 가수 모하메드 라피 알지? 국보급인 시타르 연주자 라비 샹카르와 피리 연주자 비스밀라 칸도? 나보다 먼저 세상을 떠난 그 선배 음악가들의 공연에 날마다 타블라 연주자로 참가해야만 했어. 한두 명이 아니었어."

가수가 물었다.

"그럼 오늘 밤에는 어떻게 내 꿈에 올 수 있었지?"

그러자 타블라 연주자가 말했다.

"다음 주에는 자네와의 연주 일정이 잡혔거든."

저쪽 세상에서의 우리의 일정이 언제 잡혀 있는지 누가 아는가? 당신과 나는 다음 정거장에 내릴지도 모른다. 함께 여행하는 시간이 너무 짧다.

성장기에 읽은 책을

대여해 주는 도서관

내가 아는 사람 중 누구보다도 책을 많이 읽는, 대학에서 문학을 강의하는 폴란드 친구가 들려준 일화이다. 그녀는 자신이 사는 오래된 문화 도시 크라쿠프(2000년에 '유럽 문화 수도'로 선정되고, 2013년에 '유네스코 문학 도시'로 승인된 도시)의 시립 도서관에서 자주 책을 대여해 읽는데, 그곳에 근무하는 사서가 한 가지 독특한 질문을 하곤 했다.

"당신이 인생의 성장기에 읽은 책 중에서 가장 감명 깊었던 책은 무엇인가요?"

내 친구에게만이 아니라 그 사서는 책 대출하러 오는 모든 사람에게 똑같은 질문을 했다. 그리고 답을 들으면 책장들 사이로 사라졌다가 대출 신청한 책들과 함께 그 책을 들고 와서 말했다.

"여기 그 책이 있어요. 가져가서 다시 읽어 봐요. 과거 시절의 자신에게로 돌아가는 좋은 기회가 될 거예요. 대여 기간은 충분히 연장해 줄 테니까 천천히 읽어도 돼요."

사서의 별난 방식에 의아해하며 그 책들을 그냥 놓고 가는 이도 있었다. 마땅한 제목을 떠올리지 못하고 기억 속의 책꽂이를 소환하려고 애쓰는 사람도 있기 마련이었는데, 그럴 때면 사서는 주저 없이 말하곤 했다.

"설마 레마르크의 『개선문』이나 귄터 그라스의 『양철북』을 읽지 않고 성장기를 보냈겠어요?"

그러면서 고전에 속하는 책들을 들고 와서는 어리둥절해하는 사람에게 건넸다. 어떤 이는 다음번에 올 때 청소년기에 읽은 책목록을 적어 오기도 했다. 그러면 그 사서는 환한 미소를 지으며 재빨리 책장들 뒤로 가서 책을 한아름 들고 돌아왔다.

친구가 가장 마음에 들었던 이들은 사서의 질문을 진지하게 받아들이고 어렸을 때 자신이 어떤 책을 좋아했었는지 떠올리려고 애쓰는 사람들이었다. 그들은 책 제목을 하나씩 말하면서 그 책에서 좋았던 대목을 기억해 냈고, 그들을 통해 내 친구는 존재조차 몰랐던 책을 알게 되거나 이전에는 관심이 없던 책에 흥미를 갖게 되었다.

내 친구는 사서가 가져다주는 여분의 책을 불편하게 여기거나 이의를 제기하지 않고 즐겁게 받아들였다. 오히려 일부러 제목이 생각나지 않는 척해서 사서가 찾아다 주는 의외의 책을 받아 와서 읽곤 했다. 시간이 없을 때는 주전자 물이 끓기를 기다리는 동안 그 오래되고 바랜 책들을 몇 장 들춰보며, 시각과 청각까지 야생동물처럼 예민해서 스스로 고독을 키웠던 사춘기와 이십 대의 일들을 떠올리는 것만으로도 좋았다.

사서의 특이한 방식 때문에 접수대 앞에는 늘 줄이 길었다. 바쁜 이들은 대놓고 투덜거리기도 했지만 대부분은 다른 사람들이 말하는 책 제목을 귀 기울여 듣고 고개를 끄덕이곤 했다. 도서관 사서가 상담사는 아니지만 그녀는 사람들이 하는 이야기를 진지하게 들어 주었다. 때로는 놀랍고, 때로는 기이하고, 때로는 가슴 아픈 성장통에 관한 내용이었다.

한번은 바로 앞에 서 있던 남자가 사서의 질문에 답이 떠오르지 않자 내 친구에게 조언을 구했다. 친구는 "헤세의 『데미안』이나 카뮈의 『이방인』은 어때요?" 하고 말해 주었다. 남자가 그 제목들 그대로 사서에게 말하자 사서는 고개를 저었다.

"당신 스스로 선택해야 합니다. 당신이 어렸을 때 읽은 감명 깊은 책을 타인이 어떻게 알 수 있겠어요?"

결국 남자는 한참을 생각하다가 우주에서 벌어지는 모험이 담긴 책을 떠올렸다. 사서는 행복해했고, 남자는 만족스러운 표정으로 책을 들고 떠났다.

나이를 가늠하기 힘들지만 60세가 넘어 보이는 그 사서는 그런 독특한 방식을 통해 그녀 자신이 시간 여행을 하는 듯 보였다. 친구는 사서의 그런 태도와 그녀가 임의로 대여해 주는 책들의 느낌이 마음에 들었고, 나아가 도서 대출자들이 보이는 반응을 지켜보는 것도 흥미로웠다. 그래서 그녀의 근무일만 택해 도서관으로 향하곤 했다. 그렇게 몇 해를 보냈다.

지난주에 친구는 몇 권의 책을 빌리기 위해 그 도서관에 들렀다. 기억 속의 어떤 책을 길어 올려서 '인생의 성장기로 돌아가게 하는 사서'를 기쁘게 해 줄까 염두에 두면서. 그런데 사서는 자리에 없었다.

그날이 그녀의 근무일이었기 때문에, 그 자리를 대신한 다른 사서에게 묻자 그 사서가 말했다.

"안타깝게도 그분은 더 이상 이곳에 근무하지 않습니다. 정년을 맞아 며칠 전 퇴직하셨어요."

친구는 못내 아쉬워하며, 그 사서가 지난 몇 해 동안 책을 빌리러 오는 사람들에게 인생에 대해 고민하던 순수한 시기로 잠시나마 돌아가는 소중한 계기를 만들어 주었기 때문에 무척 그리울 것이라고 말했다.

그러자 후임 사서가 미소 지으며 말했다.

"아, 그건 그녀의 행동을 잘못 이해하신 겁니다. 사실 그녀는 사람들의 성장기에 관심을 가진 게 아니었어요. 그녀의 관심은 오로지 도서들의 수명을 연장하는 데 있었어요. 몇 년 전 도서관 규정이 새로 정해져서, 5년 동안 아무도 대여해 가지 않은 책은 폐지로 재활용 처리하기로 되었답니다. 독서 유행에서 밀려났다고 해서 고전들이 폐기되어야 한다는 규정을 그녀는 그냥 받아들일 수 없었거든요."

그러면서 사서는 분명한 어조로 덧붙였다.

"그녀가 사람들에게 권한 책들도 그때그때 즉흥적으로 떠올린 것이 아니라 곧 폐기될 운명에 놓인 목록에 있는 책들을 우선적으로 가져온 것입니다. 하지만 최종 결정은 독자들에게 맡겼습니다. 그녀가 말했듯이, 아무도 읽지 않는 책들은 그녀조차도 구원할 수 없으니까요."

생각에 잠겨 도서관을 나서면서 내 친구는, 진실한 울림을 주는 책들이 폐지로 전락하는 것을 조금이라도 막으려는 사서의 마음씨에 감동했다. 자신이 정말 좋아했던 책들이 그 사서의 노력으로 수명이 연장되었을지도 모른다는 생각이 들었다. 또한 사서의 본래 의도와는 상관없이 한때 밤새워 읽은 책들을 통해 성장기의 감수성을 떠올릴 수 있었던 것이 고마웠다.

내게 이 이야기를 들려 준 후 잠시 침묵했다가 친구는 덧붙였다. 성장기에 읽은 책을 묻는 사서의 질문에 기뻐하는 사람들, 특히 눈을 반짝이며 그때까지 들어 본 적 없는 책 제목을 말하는 노인들이 있었다고.

우리의 인생에 의미를 안겨 준 책이나 경험들은 망각 속으로 폐기되기 전에 가끔씩 기억 속에 꺼내 놓아야 한다. 그렇지 않으면 감수성 무뎌진 현실이 우리의 삶을 지배할 것이다.

우리가 이 세상을 떠나면 천사가 차가운 날개로 우리의 얼굴을 후려친다고 한다. 우리가 잊어버린 소중한 기억들을 되찾게 하기 위해서. 당신은 천사의 날개에 얼굴을 얻어맞고 무슨 기억을 떠올릴 것인가? 무슨 책에 쓰인 어떤 문장, 마음에 새겨진 어떤 구절을?

지루하게 살지 말라고

속삭였는데 듣지 않았다

1960년대 말, 비틀즈 멤버들과 히피들이 다녀간 이후 북인도 히말라야 발치의 리시케시는 세계적으로 유명한 장소가 되었다. 그들이 명상 체험을 하고 나서 '마약 대신 명상'을 외친 〈비틀즈 아쉬람〉을 비롯해 여러 요가 센터가 들어서고, 지금도 요가와 명상을 배우러 온 사람들로 북적인다.

몇 해 전 리시케시의 카페에서 우연히 만난 한국인 여성과 대화를 나누게 되었다. 직장을 다니다 요가에 관심을 갖게 되었고, 지금은 요가 지도자 과정을 밟기 위해 왔다고 했다. 얼마 후면 정식 자격증을 갖게 될 그녀는 내가 본받고 싶을 만큼 무척 성실한 사람 같았다. 다양한 요가 중에서도 자신이 배운 방식의 요가에 대한 자부심이 컸으며, 요가 수행자로서 '해야 할 것'과 '하지 말아야 할 것'에 대한 구분이 분명했다. 그 점에 있어서는 스스로에게도 엄격하고, 수강생들에게도 엄격할 것처럼 보였다.

요가의 토대를 이루는 '해야 할 것'은 니야마Niyama라고 한다. 니야마는 몸과 마음과 언행을 정결히 할 것, 생명 유지에 필요한 것만 취하고 만족할 것, 인내심과 고행을 실천할 것, 자기 탐구 등이다. 금지하는 계율인 '하지 말아야 할 것'은 야마Yama라고 하는데 폭력, 속임수, 도둑질, 과잉과 넘침 외에도 식사 후에 요가를 하지 말 것과 요가 후 30분 이내에 샤워를 하거나 음식을 먹지 말 것 등도 포함된다.

대화 끝에 그녀가 내 책을 여러 권 읽었다며 수행에 필요한 조언을 부탁했다.(나 같은 히피에게!) '어,' 하고 내가 머리를 긁적이는 사이 그녀는 수첩을 꺼내 받아 적을 준비까지 했다. 정말로 성실한 사람이었다. 나는 정색하며 '나의 조언 없이도 훌륭한 요가 선생이 될 것'이라고 사양했지만, 아예 자필로 한마디 적어 달라며 수첩을 내밀었다. 더 거부하는 건 예의가 아닌 것 같아서 한 문장 써 주었다.

'지루한 사람이 되지 말자.'

말이 길어지기 전에 일어나(말을 많이 하는 것도 야마의 하나이므로) 그녀의 머리에 손을 얹고 인생 여행을 축원해 주고는 헤어졌다. 갑작스러운 나의 의식에 그녀는 약간 당황했다. 협곡 아래 갠지스강이 흐르는 절벽 위 카페에 앉아 그녀가 그 문장을 보며 무엇을 생각했는지는 알 수 없다. 사실 그것은 그녀에게 주는 충고가 아니라 나 자신에게 하는 경계의 말이기도 했다. 명상을 배우고 많은 지식을 습득한 후에 지루한 사람이 되는 것만큼 삶에서 큰 손실은 없다.(그것이야말로 야마!) 그런 사람은 주위 사람까지 지루하게 만든다. 음악이 귀에 들리지 않는 사람은 춤추는 사람을 싫어한다는 말은 진리이다.

네팔의 산속 동굴에서 몇 년 동안 침묵 수행을 하던 승려가 있었다. 마을 사람들이 주기적으로 음식을 가져다주었으며, 그 짧은 접촉 외에는 누구와도 교류하지 않았다. 그 무렵 달라이 라마가 그 지역을 지나간다는 소식을 듣고 그는 동굴을 내려왔다. 티베트 불교의 최고 지도자에게 이제 그다음 단계로 무엇을 해야 하는가 영적 조언을 구하기 위해서였다.

그 승려에게 해 준 달라이 라마의 조언은 상쾌했다.

"따분하게 살지 않으면 됩니다! 즐겁게 사세요!"

그 조언은 승려가 갖고 있던 수행의 기준(야마든 니야마든)에 어긋나는 것이었다. 달라이 라마는 그 은둔 수행자의 명상이 무가치하다고 말한 것이 아니었다. 다만 거기서 멈추지 말고 삶의 기쁨 속으로 들어가라는 것이었다. 그리고 모든 곳에서 기쁨을 발견하라는 것이었다. 그렇지 않으면 자기 세계에 갇혀 자신이 만든 밧줄로 스스로를 묶게 되니까.

이런 이야기가 있다. 평생을 경건하고 독실하게 살아온 남자가 있었다. 그는 하루도 빠짐없이 다섯 시간씩 신에게 기도했다.

하지만 무신론자인 동생과 다르게 불행한 삶을 살다가 죽었다. 아내는 그를 떠났으며, 동업자는 배신했고, 자식들도 연락을 끊었다. 반면에 평생 한 번도 기도한 적 없는 그의 동생은 훌륭한 아내와 충실한 자식들에 둘러싸여 행복한 삶을 누렸다.

죽어서 신 앞에 선 경건한 남자는 물었다.

"저는 불평하는 게 아닙니다. 아시다시피 저는 불평하는 타입이 결코 아닙니다. 아내가 떠났을 때도 당신께서 정해 주신 섭리를 믿으며 조금도 불평하지 않았습니다. 자식들이 등을 돌렸을 때도 당신의 뜻이라 여겼습니다. 하지만 왜 이 모든 불행한 일이 무신론자인 제 동생에게 일어나지 않고 매일 다섯 시간씩 기도한 저에게 일어난 건가요?"

신이 말했다.

"왜냐하면 그대는 재미없는 사람이기 때문이야! 매일 다섯 시간씩 그대의 기도를 듣느라 나도 지겨웠어. 지루하게 살지 말라고 내가 그토록 속삭였는데 듣지 않았어."

묘비명에 '최선을 다했다.'가 아니라 '최선을 다해 지루하게 살았다.'가 적히면 안 되지 않겠는가.

생을 불태우려면
자신이 불타는 것을 견뎌야 한다.

부서진 가슴에서
야생화가 피어난다

토끼가 새끼를 뱄다. 귤밭 전체의 공기가 예민해진 것이 느껴졌다. 서귀포 귤밭의 50년 된 돌집으로 집필실을 옮긴 첫해 여름, 귤나무 사이로 흰 토끼가 나타났다. 나는 놀라서 토끼가 달아날까 봐 입을 다물고 소리쳤다.

'네가 왜 거기서 나오니?'

토끼도 선글라스에 장발을 한 야수를 보고 놀라긴 매한가지였다. 다음 날 보니 한 마리가 아니었다. 조금 어려 뵈는 흰 토끼가 또 한 마리 깡총거리며 뛰어다녔다. 며칠 후에는 검정 토끼도 모습을 나타내었다.

늘상 반바지에 웃통을 벗고 다니는 이웃 밭 농부에게 물어보니, 누군가가 집에서 키우다 '귀찮으니까 내다 버린' 것이라고 말하고는 내가 남자인데도 (자신의 토플리스 차림이) 쑥스러운지 팔

짱을 껴서 젖꼭지 부위를 가렸다. 내 돌집이 있는 귤밭은 제초제를 뿌리지 않아서 토끼들로서는 사계절 맛있고 상큼한 풀을 마음껏 즐길 수 있는 낙원인 셈이다.

글 쓰다가 문장을 중얼거리며 수시로 귤밭을 거니는 나의 동선 중간쯤에서 토끼들과의 마주침이 있다. 나로서는 즐거운 일이지만 배 속에 새끼 가진 어미 토끼로서는 이 야수 인간이 무척 신경 쓰이는 일이다. 내가 나타나면 야연 긴장해 핑크색 귀를 세우고 토낄 태세이다. 그러다가 배 속의 새끼가 잘못되면 큰일 아닌가!

토끼를 안심시키는 방법은 단 한 가지, 내가 토끼로 변신하는 일이었다. 그래서 어렵사리 토끼모자를 구입했다.

아이들 용인지 크기가 작아 꽉 끼는 토끼모자를 얼굴에 동여매고 나타난 나를 보았을 때의 토끼들 표정을 당신이 봤어야 한다! 땅바닥을 엉금거리며 기어오는, 자신들보다 귀가 열 배는 긴 돌연변이 토끼를 보자 흰 토끼 검은 토끼 모두 풀 뜯던 동작을 멈추고 얼어붙었다. '저 토끼가 사람인가, 저 사람이 토끼인가?' 하는 표정이었다.

토끼라고 믿게 하기 위해 나는 최선을 다했다. 철사 끼운 기다란 귀를 쫑긋 세웠다가 옆으로 늘어뜨리기도 하고 등을 동글게 움츠려 입을 오물거리기까지 했다. 대성공이었다! 토끼들은 전과 달리 내가 꽤 가까이 다가가도 달아나지 않았다. 그렇게 해서 나는 토끼 부족의 일원으로 받아들여졌으며, 어미 토끼도 경계가 느슨해졌다.

귤밭 옆에 시도 때도 없이 우는 닭들만 사는 빈집이 있어서, 근처 빌라로 이사 간 그 집 할머니가 닭 모이도 주고 달걀도 걷어 갈 겸 하루 한 번씩 들렀다. 닭장으로 직행하기 전에 할머니는 바다를 둘러보러 가는데, 그러려면 내 돌집 앞을 지나가야 했다.

갑자기 이웃에 등장한 낯선 행색의 외지인 정체(이 사람이 여자인가, 남자인가?)가 궁금한 할머니는 나에 대해 묻기 전에 먼저 당신의 내력을 말해 주셨다. 자신이 전직 해녀라는 사실과(그래서 날마다 바다를 내려다보러 가는 것이다), 지금은 무릎이 아파 걷기도 힘들다는 것(이 말을 할 때는 한 손으로 허리를 짚으셨다), 닭들은 아들이 사다 놓고 돌보지 않아 자신이 매일 모이를 준다는 것, 그리고 귤농사는 이런 식으로 '게으르게' 약도 안 치고 풀도 안 베면 안 된다는 지적도 하셨다. 내가 고개를 끄덕이기만 하고 나에 대해서는 소개할 기미가 안 보이자 할머니는 일부러 구부정하게 바다 쪽으로 향했다(다른 날 보니 스쿠터를 타고서 쌩하고 달리셨다).

그날, 토끼모자를 쓰고 귀를 기다랗게 세우고서 귤밭에서 걸어 나오는 나와 맞닥뜨렸을 때의 할머니 표정도 당신이 봤어야 한다! 강력한 도수 치료를 받은 것처럼 굽었던 허리가 뒤로 젖

혀지면서 벌어진 입이 다물어지지 않았다.

토끼들은 조용히 받아들이고 영접하는 일을 인간은 왜 그토록 소스라치게 놀라는 걸까. 그날 이후 할머니는 나를 투명인간 취급했다. 벼슬 달린 닭모자를 쓴 할머니와 토끼모자를 쓴 내가 함께 바닷가를 산책하는 것은 나 혼자만의 상상일 수밖에 없을까? 가장 엉뚱한 순간이 아름답다.

나는 당분간 토끼모자를 고집하며 토끼이기로 했다. 새끼 토끼들이 태어나면 첫 눈맞춤부터 나를 동족으로 받아들이도록. 누가 나를 인간이라는 한정된 범위 안에 가두어 놓은 걸까? '신성불가침한 나의 존재'라는 생각을 내려놓고 인간의 얼굴을 벗고 싶을 때가 누구나 있지 않을까?

사실 변신술은 인간이 가진 뛰어난 능력이다. 인간은 어린아이와 얘기할 때는 목소리를 약간 코맹맹이처럼 만들고 얼굴도 재미있어진다. 사랑하는 사람과는 한없이 달콤해지며, 그 표정과 목소리 그대로 의사를 대하는 이는 없다. 목사님과 스님 앞에서는 언제 그랬냐는 듯 다소곳이 겸손해진다. 홀로 있을 때는 본연의 나로 돌아오며, 명상할 때는 자기 존재의 무한 고요에 다가간다.

그러한 내가 지금은 토끼모자를 쓰고서 토끼들과 놀고 있다. 존재의 근원을 '공'이라고 표현한 이유가 여기에 있을 것이다. 우리는 한 가지로 고정된 존재가 아니라 무한히 어떤 것으로도 변할 수 있는 능력자라는 의미이다. 하나의 모습으로만 굳어져서 다른 모습들은 자신으로부터 제외시키는 것은 에고의 고집이고 자아 집착이다. 물기를 완전히 쥐어짠 돌에는 존재의 다양한 기쁨이 스밀 수 없다. 그때는 언제까지나 삶의 바깥쪽에 머물러 있게 된다.

그것을 잘랄루딘 루미는 이렇게 썼다.

단단한 바위에 봄이 어떻게
정원을 만드는가.
흙이 되라, 부서져라.
그러면 그대의 부서진 가슴에서
수많은 야생화가 피어날 것이니.
너무 오랜 세월 그대는 돌투성이였다.
다르게 해 보라.
항복하라.

때로는 온 존재가 부서지는 경험을 통해 자신이 누구라는 굳센 생각을 내려놓을 때 우리는 비로소 진정한 자신이 될 수 있고 전체와 하나가 될 수 있다. 나는 불행한 인간이 아니다. 단지 불행한 순간이 있을 뿐이다. 나는 우는 인간이 아니다. 단지 우는 순간, 웃는 순간이 교차할 뿐이다. '불행한 사람, 화난 사람,

과거의 어떤 사람'이 나라는 고정된 생각은 스스로를 가두는 감옥이다.

　나는 인간이고, 토끼이며, 토끼모자를 쓰고 눈 쌓인 한라산을 바라볼 때는 산 그 자체이고, 돌집 앞 바닷가에서는 흰 파도 그 자체가 된다. 나에게 다가오는 모든 순간이 나 자신이 된다. 존재는 거대하고 불가해한 수수께끼이다. 우리는 그렇게 매 순간 대상에서 대상으로, 하나의 신비에서 또 다른 신비 속으로 걸어 들어간다.

바보가 되려면

큰 바보가 되라

　내가 흔히 받는 오해 중 하나는 자기 주장이 조금 강하고 고집이 약간 세 보인다는 것이다. 나를 잘 모르고 하는 소리다. 나는 자기 주장이 '매우' 강하고 고집은 지구 행성 최강이다. 하지만 나의 주특기 중 하나는 상대방의 의견에 무조건 동의하는 것이다. 세상과 많은 충돌을 겪고 난 후 터득한 경지이다.

　나를 볼 때마다 어머니는 내 긴 머리를 두고 성화를 대셨다.

　"그 머리 좀 자르면 안 되겠니? 왜 멀쩡한 사람이 정신병원에서 나온 것마냥 허리까지 머리를 기르고 다니느냐?"(작가의 모친 답게 과장법이 심하시다. 그리고 자식이니까 어쩔 수 없이 '멀쩡한 사람'이라고 하신 것임.)

　나는 크게 고갯짓을 하며 동의한다.

　"맞아요. 그렇지 않아도 미용실에 예약을 해 놨어요. 저도 이제는 머리 짧게 자르고 정상인으로 살고 싶어요."

어머니 얼굴에 화색이 돌고, 웃으실 때 뽀얀 치아가 보여(틀니이지만) 나도 기분이 좋다. 다음 달에 찾아뵈었을 때 어머니는 더 길어진 내 머리부터 쳐다보고는 말문이 막히셨다.

내가 얼른 말한다.

"엄마도 알다시피 나는 머리가 빨리 자라잖아요. 저번에 깍두기 머리로 잘랐는데 그새 이렇게 자랐어요."

어머니는 잘못 들었나 보청기를 귓속에 누르며 말하셨다.

"작가 아니랄까 봐 과장법이 심하구나. 짧게 자른 지 한 달도 안 됐는데 엉덩이까지 길었단 말이냐?"

나는 연신 어깨를 주물러 드리며 말한다.

"그렇잖아도 집에 가는 길에 다시 자르기로 했어요. 이러다간 정말로 머리가 엉덩이를 덮겠어요. 엄마 말씀이 맞아요. 그런데 난 엄마가 담근 깍두기가 세상에서 제일 맛있더라."

그렇게 어머니가 담근 맛있는 깍두기를 얻어 가지고 나오면서 어머니 볼에 입을 맞춰 드리며 말했다.

"이 긴 머리 잘 봐 둬요. 오늘 미용실에 가면 이후로는 머리 긴 아들을 볼 수 없을 테니까."

어머니는 웃으시면서, 그래, 잘 가라, 하고 손을 흔드셨다. 그리고 머리 긴 아들을 다시 못 보고 며칠 후 무한의 세계로 떠나셨다. "왜 자꾸만 머리 자르라고 성화를 대시느냐?"며 서른 해 동안 대들던 한때의 어리석은 나를 너무도 후회하게 만들면서.

누군가가 나를 비현실적이라고 지적하면 논쟁적으로 맞받아치곤 했었다.

"비현실적인 것이 왜 문제인가? 모든 사람이 현실적이어야 하는가? 그런 세상은 숨 막히지 않겠는가? 현실을 제대로 보려면 현실 밖으로 떠나 봐야 한다."

그런 식으로 세계적인 '비현실주의' 학파라도 만들 것처럼 침 튀기는 논쟁을 벌였다. 하지만 지금은 격하게 동의하며 말한다.

"당신 말이 맞아요! 어젯밤에 나도 같은 생각을 했습니다. 이젠 나도 정신 차리고 현실적이 되기 위해 회사에 취직하기로 했어요."

그럼 그 사람이 화들짝 놀라며 말린다.

"그건 안 됩니다! 안 어울려요! 지금 이대로가 좋으세요."

논쟁은 더 강한 논쟁을 부른다. 삶의 시간을 '나는 옳고 너는 틀리다.'라는 정신적 소모전으로 허비하고 있다면 당신은 아직 자신이 존재 깊이 몰두할 일과 대상을 찾지 못한 것이다. 그렇기 때문에 자동 반응하고 있다.

세상에는 사실보다 믿음이 앞서는 사람이 많다. 어떤 것이 사실이기를 바라기 때문에 그것이 사실이라고 믿는 사람들이다. 나아가 그것이 사실이라고 공개적으로 주장한다면 당신은 스스로를 선동시킨 것에 불과하다. 이것은 진영을 나누어 자기 편을 감싸고 상대편을 무조건 비난하는 정치적 견해에서 특히 강하다. 선택적 정의와 선택적 분노라는 수렁에 빠진 가짜 지성이 작동한다. 그리고 함께 모여 큰 목소리를 내면 그것이 진실이 된다고 착각한다. 자신이 하는 말이 옳다가 아니라 자신이 옳다고 말하고 싶어 하는 심리이다. 카뮈가 지적했듯이, 논쟁의 작동 원리는 상대방을 적으로 간주하고, 그를 단순화하고, 바라보기조차 거부하는 것이다.

어떤 이가 찾아와 특정 정치인을 거론하며 말한다.

"그분은 정치적 탄압을 받는 겁니다. 부정한 일을 전혀 하지 않은 능력 있는 지도자예요. 한마디로 조작 수사의 희생자인 거죠. 이럴 때 작가인 당신이 그분에 대한 지지를 해 주시면 큰 힘이 됩니다."

나는 그 사람의 손을 와락 잡으며 말한다.

"어쩜 저의 생각과 정확히 일치하시는군요! 그렇지 않아도 페이스북에 지지하는 글을 올리려고 생각하고 있었습니다. 그런데 말하면서 보니까 탈모 증상이 있으시네요. 저도 요즘 머리가 하루에 다섯 올씩 빠져서 걱정이에요. 이러다가 다음 책 저자 사진은 포토샵으로 만져야 할지 모르겠어요."

내가 적극 동의하고 동병상련의 공감까지 표명한 관계로 그 사람은 논쟁의 동력을 잃고 10분도 지나지 않아서 일어선다. 나는 더 방해받지 않고 내 글쓰기로 돌아간다. 나의 심장은 왼쪽에 있다. 그리고 그 심장이 뛰는 것을 오른손으로 확인한다. 이 것이 좌와 우에 대한 나의 정치적 신념이다.

『장자』 '제물론'에서 장자는 말한다.

"내가 그대와 논쟁을 한다고 하자. 그대가 이기고 내가 졌다면, 그대는 정말 옳고 나는 정말 틀린 것인가? 내가 이기고 그대가 졌다면, 나는 정말 옳고 그대는 정말 틀린 것인가? 한 쪽이 옳으면 다른 쪽은 반드시 틀린 것인가? 둘 다 옳거나 둘 다 틀린 경우는 없을까?"

어리석은 자와 논쟁하면 더 어리석어진다(어머니는 제외). 누군가가 자신이 옳다고 주장하면 생명에 관련된 일이 아닌 한 열렬히 동의해 줄 일이다. 정말로 그가 옳을 수도 있지 않은가. 또 그가 틀리고 당신이 옳다면 굳이 논쟁할 이유가 무엇인가. 그러는 대신 크게 웃고 난 후 심호흡을 한다. 바닷가에 앉아 바다 소리인가 파도 소리인가를 놓고 논쟁하는 두 사람이 있다면, 끼어들지 말고 웃으며 지나갈 일이다.

한 남자가 영적 스승을 찾아와 물었다.

"영원한 행복을 얻으려면 어떻게 해야 하나요?"

스승이 말했다.

"바보들과 다투지 않아야 한다."

남자가 말했다.

"저는 그렇게 생각하지 않습니다."

그러자 스승이 말했다.

"그렇다, 그대의 말이 옳다."

상대방이 마음을 열 준비가 되지 않은 메시지를 이해하라고 강요할 수는 없다. 앞에서는 적극적으로 동의하고, 돌아서면 나의 가슴과 의지에 따른다. 받아들임과 흘려보냄, 이 전략을 나는 계속 실천해 나갈 것이다. 당신이 누군가와 논쟁한다면 그것은 죽은 자와 논쟁하는 것이다. 누구나 머지않아 죽을 것이기에. 무기 같지도 않은 무기로 상대방을 이기려고 하는 대신, 빠르게 동의하고 자신의 시간을 창조적인 일에 몰입하는 것이 감정을 소모하지 않는 관계법이다. 무의미한 논쟁을 끝내고 삶의 심연 속으로 들어가야 한다. 우리에게 필요한 것은 논쟁에서 이기는 내공이 아니라 논쟁에 휘말리지 않는 내공이다.

밀림 속에서 동물들이 사이좋게 살고 있었다. 불필요한 의견 충돌 없이 서로 양보하고 도와 가며 평화롭게 지냈다. 어느 날 호랑이와 당나귀 사이에 사소한 충돌이 일어나기 전까지는.

어떻게 논쟁이 촉발되었는지 아는 동물은 없지만, 당나귀가 한 말에 호랑이가 짜증을 내며 "풀은 초록색이야!" 하고 외치는 것이 들렸다. 당나귀는 모두가 놀랄 정도로 더 크게 외쳤다.

"아니야, 풀은 파란색이야!"

그 후 "초록색!", "아니야, 파란색!", "초록색이라니까!", "파란색이라니까!" 하고 연거푸 고성이 오갔고 시간이 가도 논쟁은 멈추지 않았다. 둘의 논쟁에 다른 동물들도 덩달아 편이 갈려 '초록색!', '파란색!'을 외쳤다. 상황이 점점 심각해져서, 이런 식으로 가다가는 밀림의 세계가 파국을 맞이할 것이 분명했다. 마침내 동물들은 그들의 왕 사자를 찾아가 판결을 부탁했다. 사자는 당나귀와 호랑이의 주장을 듣고 나서 잠시 심사숙고한 후, 호랑이가 틀렸다고 엄숙히 선언했다.

판결에 따라 호랑이는 소란을 일으킨 죄로 1년 동안 밀림에서 추방되어야만 했다. 떠나기 전에 호랑이는 사자를 찾아가, 풀이 초록색이라는 사실을 온 세상이 다 아는데 왜 당나귀 편을 들고 자신을 벌했느냐며 하소연했다.

사자가 말했다.

"물론 나도 풀이 초록색인 걸 안다. 하지만 어리석은 자와 논쟁을 벌였기 때문에 너를 벌한 것이다. 논쟁을 하려면 자신보다 지식과 지혜가 높은 자와 해야 한다. 어리석은 자와 무의미하게 논쟁함으로써 너는 소중한 시간을 낭비하고 세상을 시끄럽게 만들었다. 그것이 네가 벌을 받는 진짜 이유이다."

부러졌다가 다시 붙은

넓적다리뼈

인류학자 마거릿 미드는 인간 본성을 탐구하며 남태평양 사모아 제도, 뉴기니 섬, 발리 등지의 오지 마을들에서 평생을 보냈다. 그녀가 세상을 떠났을 때 섬 주민들은 대추장이 죽었을 때처럼 닷새 동안 장례식을 거행하며 애도를 표했다.

특히 뉴기니 섬의 아라페시족과 문두구머족에 대한 미드의 연구는 인간에 대한 중요한 통찰을 담고 있다. 두 부족은 동일한 섬에 살면서도 성향과 기질이 많이 달랐다. 아라페시족은 온순하고 평화를 사랑하는 반면에, 문두구머족은 남자든 여자든 난폭하고 공격적이었다. 미드는 두 부족의 아이 키우는 방식에 근본적 차이가 있음을 발견했다.

아라페시족 엄마들은 아기를 그물 모양의 작은 가방(자궁 속 경험을 상징하는)에 넣어 몸 앞으로 안고 다니면서 아기와 계속 접촉하고 눈을 마주쳤다. 그리고 아기가 원하면 언제든 젖을 물렸다. 이에 반해 문두구머족은 거칠게 짠 불편한 바구니에 아기를 넣어 이마에 지탱한 끈으로 등 뒤에 매달고 다녔다. 자연히 아기는 엄마의 몸과 분리되어 아무 접촉을 할 수 없었고 엄마의 표정도 볼 수 없었다. 좀 더 큰 아기는 엄마의 길게 딴 머리카락을 붙잡고 등 뒤에 매달려 다녔다.

젖 먹일 때도 아라페시족은 앉아서 아기가 젖꼭지를 잘 물도록 배려하면서 젖 먹는 동안 지속적으로 등을 토닥여 주었다. 문두구머족 엄마들은 서서 한 팔로 아기를 안고 젖을 먹이다 보니 팔이 아파서 젖 주는 일을 금세 중단하고 다시 바구니에 넣었다. 아라페시족의 평화성과 문두구머족의 폭력성은 바로 '접촉'의 차이였던 것이다.

미드는 아라페시족의 특이한 현상 한 가지를 더 발견했다. 사냥하다가 다치면 치료할 생각을 하기보다는 부족 사람들에게 상처 입은 것을 알려 위로를 받는 것이었다. 그렇게 자신의 상처를 말하고 다니는 동안 고통을 잊을뿐더러, 이웃들은 타인의 아픔에 공감하면서 자신이 겪는 고통과 비교하며 사회적 치유 효과를 거두었다. 한 사람이 상처 입은 감정을 집단에 표현하고 집단은 그 감정에 호응함으로써 정서적으로 안정을 찾는 이런 행동 방식을 미드는 '아라페시 현상'이라고 불렀다.

마거릿 미드의 강의에 참석한 적 있는 어느 의사는 다음의 중요한 일화를 전한다. 미드는 한 학생으로부터 '문명의 첫 증거가 무엇인가?'라는 질문을 받았다. 그 학생은 답변으로 오래된 토기나 낚싯바늘, 간석기 등의 유물을 기대했다. 그러나 예상과 달리 미드는 고고학 발굴 현장에서 발견한 1만 5천 년 된 뼈가 문명의 증거라고 대답했다. 그 뼈는 '부러졌다가 다시 붙은 인간의 넓적다리뼈'였다.

넓적다리뼈는 엉덩이와 무릎을 연결하는 인체의 가장 긴 뼈이다. 넓적다리뼈가 부러지면 현대 의술이 없는 사회에서는 다시 붙기까지 6주 이상 걸린다. 고대의 야생 환경에서 넓적다리뼈가 부러지는 부상은 곧 죽음을 의미했다. 위험으로부터 달아날 수 없을 뿐 아니라, 강에 가서 물을 마시거나 먹이를 사냥할 수도 없다. 그렇게 되면 배회하는 맹수의 먹잇감이 되거나 굶어 죽을 수밖에 없다. 넓적다리뼈가 다 낫기까지의 긴 기간 동안 부러진 다리로 살아남을 수 있는 동물은 없다. 적자생존 법칙만이 지배하는 곳, 혹은 몸이 약하거나 다치거나 장애가 있는 사람을 무시하고 잊어버리는 사회에서는 부러졌다가 붙은 흔적이 있는 넓적다리뼈가 발견되지 않는다는 것이다.

부러진 넓적다리가 다시 붙었다는 것은, 다른 사람이 그 낙오자의 상처가 낫는 동안 돌봐 주었음을 의미한다. 누군가가 자신의 힘든 상황이나 위험을 무릅쓰고 부상당한 동료의 곁을 지켜 주었으며, 상처를 동여매 주고, 안전한 곳으로 옮겨 완전히 회복

될 때까지 사냥해서 먹을 것을 가져다주었음을 말해 준다. 이렇듯 자신만의 생존을 도모하지 않고 다른 사람의 어려운 처지를 돕는 행동이 문명의 시작이었다는 것이다.

인류학의 어머니라 불리는 마거릿 미드는 우리에게 말하는 듯하다. 초고속 인터넷과 최고 성능의 컴퓨터와 스마트폰을 사용한다고 해서 문명인이 되는 것은 아니다. 돌도끼로 싸우는 것은 야만이고 핵탄두 미사일로 전쟁을 하는 것이 문명은 아니다.

우리가 오해하듯이 문명인의 증거는 그런 외부의 도구에 있지 않은 듯하다. 고난에 처한 동료의 존재를 인식하고 그가 역경을 이겨 내도록 돕는 것이 문명인의 첫 신호이다. 그리고 그 공감과 연민의 근육이 인류 문명을 지금까지 지켜 주었다.

나는 누구의 부러진 넓적다리를 치료해 주었는가? 상처 입은 어떤 영혼의 다리를 공감의 손으로 싸매 주고 다시 걸을 수 있게 부축했는가? 삶에서 그렇게 한 영역만큼 나는 문명인이며 외면한 영역만큼 야만인임을 인정하지 않을 수 없다. 하나의 대전제로서, 사람은 타인의 아픔에 공감한 만큼 문명인이다.

기차에서의

인생 수업

오래전, 남인도 벵갈루루에서 서인도 뭄바이로 가는 장거리 야간 열차에서의 일이다. 에어컨 설치된 칸막이 객실 안에 두 명이 앉는 2AC 특실 좌석을 구한 걸 보면 다른 좌석은 매진이었을 것이다. 콧수염 희끗한 남인도인이 먼저 타서 자기 자리에 앉아 있었다. 장발의 외국인과 단둘이 동행하게 되어 조금은 긴장한 분위기가 전해졌다. 나는 "나마스테!" 하고 인사한 후 위쪽 침대칸에 배낭을 올려놓았다.

기차는 헛기적 울리며 데칸 고원을 향해 씩씩하게 달렸다. 스무 시간 넘는 여정이었을 것이다. 흰색 쿠르타(인도와 파키스탄 남성의 전통의상으로 무릎까지 내려오는 긴 상의) 차림의 남자는 과묵했다. 무엇을 물어도 정중히 고개만 끄덕일 뿐 거의 아무 말도 하지 않았다.

좌석으로 배달된 도시락을 먹는 둥 마는 둥 하고서, 각자 말 없이 창밖을 바라보다가 나는 배낭을 베개 삼아 잠이 들었다. 긴 우기(남인도는 크리스마스 시즌에도 폭우가 퍼붓는다)에 지치기 도 했지만, 그 당시 엘리자베스 퀴블러 로스의 『인생 수업』을 우 리말로 번역 중이어서 여행 중에도 계속 일을 해야 했다.

눈을 뜨니 별들이 쏟아지는 어딘가를 기차는 달리고 있었다. 아니면 북두칠성이 국자를 기울여 지상에 어둠을 쏟고 있었을 것이다. 그 어둠이 지상의 밤을 더 깊게 만들었다. 시간이 많이 흘러 세세한 일들은 그리 기억나지 않는다. 남자는 곤히 잠들어 있었던 것 같다.

세계에서 가장 긴 철도를 가진 나라라서 내 인도 여행 대부분 은 기차에 의지해 이루어졌다. 표 구하기도 쉽지 않고 무임승차 한 단거리 승객까지 합쳐 늘 북적댔지만, 각양각색 사람들과의 만남도 기차 안에서였고 아름다운 마을들 사이를 굽이치며 나 아간 일도 기차 여행을 통해서였다.

'삶이 곧 상실이고 상실이 곧 삶이라는 것을 이해하지 못한 채 많은 사람이 평생 상실과 싸우고 그것을 거부합니다. 상실 없 이 삶은 변화할 수 없고, 우리도 성장할 수 없습니다.'

졸린 눈을 생수로 닦고서 『인생 수업』 원서 *Life Lessons*를 펴서 한 줄씩 번역해 내려갔다. 그 시각 기차 안에 깨어 있는 사람은 나를 포함해 어떤 설렘인가, 번뇌인가 뜬눈으로 밤을 새는 몇 명밖에 되지 않았을 것이다.

이윽고 차창 밖으로 별들이 하나둘 빛을 잃어 가고, 먼동이 텄다. 남자도 잠이 깨어 시계를 들여다보고는 일어나 앉았다. 때마침 기차가 이름 모를 역에 정차해, 내가 창밖으로 짜이 파는 소년에게 소리쳐 짜이 두 잔을 주문했다.

나는 남자와 함께 김이 나는 따뜻한 짜이를 나눠 마셨고, 그것을 계기로 우리는 대화를 나누기 시작했다. 아니, 대화라기보다는 거의 나 혼자 영어와 힌디어를 섞어 말했고, 그는 인도인답게 이따금씩 고개를 좌우로 끄덕이며 "아차, 아차." 하고 반응할 뿐이었다('아차'는 '아하, 그렇군'의 뜻).

얘기를 하다 보니 내가 무슨 일을 하는 사람이며, 어떤 삶을 살아왔는지 말하게 되었다. 그리고 아무에게도 드러내지 않은 상처와 상실까지 고백하게 되었다. 삶이 나를 부수고 내가 삶을 부순 이야기, 오갈 데 없어 노숙을 하게 되었을 때 추위와 절망을 못 이겨 삶을 포기할 생각까지 했던 일, 견디기 힘든 고립감으로 문학 활동을 중단했던 일까지.

누구나 그런 경험이 있을 것이다. 아무 일도 없었던 듯, 아무렇지 않은 듯 마음속에 묻어 둔 일들을 여행지의 카페나 게스트하우스에서 처음 만난 이에게 조금의 가식도 없이 털어놓는 것이다. 다시는 만나지 않을 사람이라는 사실이 마음을 열 용기를 주는지도 모른다. 기차는 또다시 헛기적을 울리며 달리고, 남자는 한 번도 시선을 창밖으로 돌리지 않고 한 번도 내 얘기를 끊는 법 없이 그저 따뜻하고 다정한 눈길로 나를 바라보면서 귀 기울여 들어 주었다.

어떤 대화는 감정의 정화 작용을 한다. 그 감정이 대단한 것이든 아니든, 혼자만 기억할 가치가 있든 없든 간에 우리의 감정은 진심으로 들어 주는 누군가와 나눌 때 단단한 껍질이 깨어진다. 그리고 금 갔던 곳이 조금씩 아문다. 섣불리 조언하거나 어리석음을 지적함 없이 끝까지 들어 주는 일의 힘이다. 고백이 끝난 후의 긴 침묵까지도. 그 남자는 묵언 수행자처럼 그렇게 했다.

이윽고 기차가 뭄바이의 유서 깊은 차트라파티 시바지 역에 도착하고 우리는 내릴 때가 되었다. 가방을 챙긴 남자가 자리에서 일어나 자신의 가슴을 가리키며 힌디어로 나에게 말했다.

"내 이름은 람쿠마르입니다. 나는 영어를 거의 할 줄 모릅니다. 힌디어도 서툽니다(남인도인들은 텔루구어나 타밀어를 쓴다). 하지만 당신의 이야기는 내 가슴으로 들었습니다. 신의 축복이 당신과 함께하기를!"

내가 하는 영어를 알아듣지 못하면서도 그는 두 시간 가까이 내 이야기를 들어 주고, 진심으로 고개를 끄덕여 준 것이다. 언어 너머에서 전해지는 타인의 고뇌와 아픔을 이해하고 공감해 주었다. 번역 중인 『인생 수업』 못지 않은 진정한 인생 수업을 나는 그 기차 안에서 배웠다. 인간은 그 자체로 경이로움이다.

저명한 정신과 의사이며 홀로코스트 생존자인 빅터 프랭클에게 마음의 병으로 고통받는 여성이 밤 늦게 전화를 걸어 곧 자살할 것이라고 말했다. 프랭클은 새벽까지 그 여성에게 말을 걸었고, 그녀가 삶을 새롭게 받아들일 수 있는 근거들을 하나씩 제시했다. 긴 설득 끝에 그녀는 목숨을 끊지 않겠다고 그에게 다짐했다.

나중에 그녀를 직접 만났을 때, 빅터 프랭클은 그가 제시한 여러 가지 근거 중 어떤 것이 그녀의 결심을 번복하게 했는지 물었다. 그녀는 단순히 "그것들 중 어떤 것도 아니다."라고 말했다.

프랭클이 의아해하며 설명을 부탁하자, 그녀는 섣불리 판단하지 않고 오랫동안 그녀의 이야기에 귀를 기울여 주는 그의 자세가 그녀로 하여금 마음을 바꾸게 하고 삶을 살 가치가 있음을 이해하게 만들었다고 했다.

우리는 모든 것을 말할 수 있는 누군가를 원한다. 마음속에 말하지 못한 이야기를 품고 사는 것만큼 큰 고통은 없다. 기차 안에서 만난 그 인도인은 자신의 생각을 말하기 위해 내 말을 들은 것이 아니라 이해하고 공감하기 위해 들었다. 모든 만남의 궁극적인 의미는 조언이나 설교가 아니라 포옹이다. 포옹이 필요한 사람에게 강의를 해서는 안 된다는 것을 나는 배웠다.

사랑하는 것을 따라가라,
길을 잃지 않을 것이다

　누군가가 나에게 지금까지의 삶에서 '가장 후회되는 일'이 무엇인가 물었다. 나는 망설임 없이 말했다.

　"후회되는 일은 많지만, 그중에서도 가장 후회되는 일은 장만옥을 만나러 가지 않은 일이다."

　25년 전에 영화 「첨밀밀」을 봤을 때, 그때 바로 만나러 갔어야 했다. 모든 일을 제쳐 놓고 그렇게 했어야만 했다. 하지만 어리석게도 몇 가지 이유로 가지 않았다. 당시 나는 이름난 작가도 아니었고, 영화에 나오는 홍콩의 페닌슐라 호텔에 투숙할 만한 돈이 없었으며, 생계를 위해 눈앞에 닥친 일들이 한두 가지가 아니었다. 실제의 장만옥은 영화 속 인물과는 전혀 다를 것이라거나, 영화 속 남자 주인공처럼 낡은 자전거를 타고 그녀 앞에 나타났다가는 경찰에 잡혀 갈지 모른다는 두려움도 나를 떠나지 못하게 한 일반화의 논리였다.

그로부터 3년 후 「화양연화」를 가슴 시리게 보고 또 봤을 때, 그때는 정말로 모딜리아니의 그림 속 여인 같은 장만옥을 만나러 갔어야 했다. 그래서 '화양연화—생애 아름답고 찬란했던 시절'을 함께 보냈어야 했다. 하지만 삶이 어디 그렇게 녹록한가. 작가로서 이름을 얻기 시작했지만, 세계적 명성이 더 높아진 그녀에 비하면 나에게는 내세울 것이 장발머리와 한국어로 쓴 시 몇 편과 인도 여행담이 전부였다.

그때는 왜 그토록 용기가 없었을까? 치파오 복장을 보면 지금도 가슴이 두근거리는데. 어쩌다 등려군의 노래가 라디오에서 들려도 마음은 그때로 돌아가는데. 만나면 말하려고 영화 속 대사를 수없이 외워 지금도 현지인처럼 말할 수 있는데.

"워시앙 메이티앤 쩡카이앤쩡 떠우 칸 따오 니(매일 눈을 뜰 때마다 너를 보고 싶어)."

해 버린 일에 대한 후회는 날마다 작아지지만, 하지 않은 일의 후회는 날마다 커진다. 우리의 마음을 아프게 하는 것, 생의 저녁까지 우리를 따라다니는 것은 하지 않은 일이다. 하찮은 일들과 소란한 만남들 때문에 언제까지나 뒤로 미룬 일, 주위의 만류와 일반화의 논리 때문에 포기한 일, 안전한 영역 밖으로 나가지 않기 위해 자신의 진짜 감정과 진실을 감춘 일이 그것이다. 그렇게 해서 흥미진진하고 의미로 채워진 영화 같은 삶을 유예

시키고 관객석에서만 살아간 것이다. 나의 삶은 내가 최초로 시도하는 삶인데도.

사실 그 독자의 질문은 잘못된 것이다. 나에게 '가장 후회되는 일'을 물어 남자의 가슴을 회한으로 물들게 할 것이 아니라 '가장 후회되는 글'이 무엇인가 물었어야 했다. 나에게 가장 후회되는 글은 생각만 하고 쓰지 않은 글이다. 그런 의미에서 내가 실패한 모든 글은 '미룬 글들'이며, 가장 실패하고 기억될 가치조차 없는 글은 '쓰지 않은 글'이다. 가장 후회되는 여행은 '떠나지 않은 여행'이다.

한 달 동안 인도 여행을 할 생각인데 비용이 얼마나 필요한지 묻는 친구가 있다. 나는 그에게 전혀 돈이 들지 않는다고 말한다. 그는 10년 넘게 같은 질문을 해 오고 있기 때문이다. 여행이든 새로운 추구이든 혹은 사랑을 표현하는 일이든 생각만 하는 데는 아무 비용이 들지 않는다.

철학자 임마누엘 칸트가 젊었을 때, 한 여자가 그와 사랑에 빠졌다. 그녀는 칸트가 청혼해 주기를 기다리고 또 기다렸지만 칸트는 만날 때마다 철학적인 이야기만 할 뿐이었다. 너무 많은 시간을 허비했다고 느낀 여자가 먼저 말을 꺼냈다.

"당신과 결혼하고 싶어요. 저와 결혼해 주세요."

그러자 칸트는 말했다.

"내게 생각할 시간을 주시오. 나는 생각하는 일을 거치지 않고는 아무것도 할 수 없는 사람입니다."

그는 도서관에 가서 사랑과 결혼에 관한 책에 집중했다. 그리고 결혼에 찬성하는 354가지 이유와 결혼에 반대하는 350가지 이유를 노트에 기록했다. 그는 생각하고 생각하고 또 생각했으며, 결혼에 찬성하는 이유 쪽에 4가지가 더 많았으므로 마침내 그녀와 결혼하기로 결정했다.

칸트는 여자의 집으로 가서 문을 두드렸고, 그녀의 아버지가 나와서 말했다.

"내 딸은 이미 결혼했네. 아이가 둘이나 있지. 그동안 자네는 도대체 어디에 있었나?"

그가 결혼의 장점과 단점에 대해 생각하는 동안 3년이 흐른 것이다. 그 후로 어떤 여자도 칸트에게 청혼하지 않았고, 그는 평생 미혼으로 남았다.

우리가 생각에 붙들려 있을 때 삶은 흘러간다. 삶은 우리를 기다려 주지 않으며, 그런 식으로 삶을 놓친다. 우리가 가서 문을 두드리면 그녀는 이미 두 아이의 어머니가 되어 있다. 오늘을 놓치면 이미 놓친 것이다. 모든 사랑이, 여행이, 불꽃이 그렇게 생각과 합리적인 판단과 비교 속에서 사라진다.

셰이크 사난은 페르시아의 경건하고 존경받는 학자였다. 어느 날 그는 독특한 꽃과 과일로 가득한 정원을 발견했다. 특히 잘 익은 석류가 매달린 아름다운 나무에 매혹되었다. 사난은 언제

나 이 나무의 열매를 맛보고 싶었지만, 나중에 시간이 충분할 거라고 생각하며 망설였다.

사난이 계속 미루는 사이 며칠이 몇 주가 되고 몇 주가 몇 달이 되었다. 그는 나무가 항상 그 자리에 있을 것이라고 생각하며 다른 일들에 몰두했다. 그러나 시간과 상황이 예기치 않게 바뀔 수 있다는 사실을 깨닫지 못했다.

어느 날 마침내 그 나무를 찾아가기로 결심한 사난은 실망스러운 광경과 마주했다. 한때 잘 익은 석류가 풍성했던 나무가 시들어 죽어 있었다. 가지가 메마르고 아름다움은 사라져 버렸다. 사난은 큰 후회와 슬픔에 젖었다. 뒤로 미루는 바람에 석류를 맛볼 기회를 놓친 것이다. 우리가 인생을 기다리는 동안 인생은 지나간다.

미루는 행동의 결과를 깨달은 사난은 시간의 덧없는 속성과 기회가 왔을 때 붙잡는 것의 중요성에 대해 숙고했다. 이 학자처럼 우리는 하지 않은 일로 인해 더 많이 절망한다. 가장 아픈 말은 이것이다.

"그것을 시도했어야만 했는데."

자신의 노래가 자신 안에 그대로 남아 있는 채로 죽어서는 안 된다. 루미는 썼다.

"그대가 진정 사랑하는 것의 이상한 끌어당김에 말없이 따라가라. 그러면 길을 잃지 않을 것이다."

혹은 다음의 구절을 나는 좋아한다.

"내 안에는 열정이 있네. 다른 사람에게는 아무것도 바라지 않는 열정이."

사랑하는 만위(만옥), 내가 당신을 만나러 갔다 해도 만나지 못했을 수 있다. 반드시 꿈을 이루어야만 하는 것이 정답은 아니다. 수많은 팬 중 한 명으로 먼발치서 당신을 바라보고 돌아서야 했거나, 영화 속 장면처럼 홍콩 뒷골목에서 혼자 싸구려 국수를 먹고 돌아왔을지도 모른다. 하지만 그 기억으로 내 삶은 더 절절해졌을 것이다.

평범한 사람이

특출난 사람을 이기는 방법

이유는 잘 모르지만, 나는 새와 잘 연결된다. 이십 대 중반 서울 수유리에 살 때 날마다 북한산을 올랐는데(백수인 관계로), 새들이 나무에서 나무로 나를 따라다니며 지저귀었다. 새들의 눈에도 이상한 행색인지라 경계한 걸까? 신촌에 있던 가타 명상센터('가타'는 노래)에서 공동체 생활을 할 때도 집 둘레 나무에서 온갖 새가 노래를 해서 명상을 방해할 정도였다.

삼십 대 초반 제주도에서 두 해 살았는데, 집 근처에 수십 마리 새가 날아오는 나무 한 그루가 있었다. 가까이 가서 살펴보았으나 그 나무에만 새들이 앉는 이유를 알 수 없었다.

인도와 네팔에서는 생전 처음 보는 온갖 이국의 새들이 갠지스 강변이든 히말라야든 가는 곳마다 따라다니며 새벽 잠을 깨웠다. 마치 나를 향한 흠모의 노래 경연을 여는 분위기였다. 부

스스한 머리를 하고 방 밖으로 나오면 새들이 비명을 지르며 나뭇가지 사이를 뛰어다녔다. 어딜 가나 이놈의 인기라니!

신종 코로나19 감염병이 세상을 휩쓴 3년은 서귀포에서 새들과 동거했다. 돌집 주변 나무에서 새벽부터 밤까지 새들이 지저귀었다(밤새의 고즈넉한 노래를 들으려면 내 돌집에 오라). 박새, 직박구리, 휘파람새, 소쩍새, 일명 귀신새인 호랑지빠귀, 동박새, 일부다처제인 꿩까지. 어디 그뿐인가. 눈빼꼼이새, 고개삐딱새, 뒷머리긴새, 울대막힌새도 날아왔다. 인터넷에서 굳이 검색할 필요는 없다. 내가 지어 준 이름들이니까.

그래서 어느 날, 새를 그리기로 마음먹었다. 그림 도구와 스케치북을 장만하고, 일 년 후 그림 전시를 할 계획까지 세웠다. 전시회 제목도 그럴듯한 '시인이 사랑한 새'. 더도 말고 완벽하게 서른 작품만 그리기로 했다.

결론적으로 말해, 계획은 실패했다. 실패의 원인은 다른 데 있지 않았다. '완벽하게' 그리려고 한 데 있었다.

내가 좋아하는 제리 율스만이라는 사진작가가 있다. 독특한 흑백 이미지들로 현실과 상상의 경계를 표현하는, 몽타주 사진 기법의 대가이다. 플로리다대학교 사진학과에서 가르칠 때 율스만은 수업 첫날 수강생들을 두 그룹으로 나누었다.

그는 강의실의 가운데 통로를 기준으로 왼쪽에 앉은 학생들은 한 학기 동안 사진의 '양'에 초점을 맞춰야 한다고 말했다. 제출하는 사진의 질 같은 건 보지 않을 것이다. 오로지 촬영한 작품의 양으로만 성적이 매겨질 것이다. 100장을 낸 학생은 A, 90장을 낸 학생은 B, 80장의 사진을 제출한 학생은 C를 받을 것이다. 좋은 성적을 받고 싶으면 사진의 질 같은 건 따지지 말고 촬영하는 양을 최대한 늘려야 했다.

반면에 강의실 오른쪽에 앉은 학생들은 사진의 '질'에 초점을 맞춰야 한다고 그는 말했다. 이 그룹은 촬영한 작품의 우수성을 기준으로 성적을 매길 것이기 때문에, 한 학기 동안 단 한 장의 사진만 제출해도 된다. 하지만 A를 받으려면 완벽에 가까운 작품이어야만 했다.

학기가 끝났을 때, 율스만은 최고의 사진들이 모두 '양'에 치중한 그룹에서 나온 것을 알고 놀랐다. 이 그룹의 학생들은 한 학기 동안 수많은 사진을 찍고, 구도와 조명을 실험하고, 암실에서 다양한 방법을 시도하고, 실수를 통해 배우느라 바빴다. 수백 장의 사진을 만드는 그 과정에서 기술을 연마했다. 실패의 경험들이 모여 재능이 되었다.

반면에 사진의 '질'에 초점을 둔 그룹은 완벽함에 대해 고민하고 상상하면서 둘러앉아 있었다. 결국 검증되지 않은 이론과 평범한 사진 한 장 외에는 자신들의 노력과 재능에 대해 보여 줄게 없었다.

행동의 횟수가 행동의 질을 좌우한다는 것이다! 완벽해야 한다는 생각이 오히려 완벽함의 적이라고 해야 할까? 새를 매일 얼마나 많이 그렸는가가 새 그림의 깊이를 말해 준다. 글을 쓸 때 벽에 부딪치는 단 한 가지 이유는 뛰어난 글을 쓰려고 하기 때문이다. 글을 쓰지 못해서가 아니라 잘 쓰지 못한다고 절망하기 때문에 많은 이들이 글쓰기를 포기한다.

창조는 길고 긴 반복의 결과이다. 춤추는 무희들의 순간적인 포즈를 잘 포착해 그린 화가 드가가 있다. '바람이 분다, 살아야겠다.'라는 구절로 유명한 시인 폴 발레리가 스물세 살 때 예순 살의 드가를 만난 일화를 책(『드가, 춤, 데생』)으로 썼다. 어느 날 발레리는 드가와 함께 루브르 미술관의 큰 화랑에 걸린 그림들을 관람하고 있었다. 두 사람은 거대한 삼나무 길을 그린 앙리 루소의 그림 앞에 멈춰 섰다. 그 그림을 보며 발레리가 말했다.

"대단하네요. 하지만 이 많은 삼나무 잎들을 그리면서 화가는 자신이 얼마나 한심했을까요. 정말 지겨운 일이었을 거예요."

드가가 발레리에게 말했다.

"그런 말 말게. 지겹지 않으면 즐겁지 않을 테니까."

드가의 그 말이 나는 마음에 들었다. 발레리가 썼듯이 '오랫동안 되풀이되는 별로 다를 것 없는 동작에 의해 이루어지는 모든 작업'이 그림에도, 글쓰기에도 적용된다. 우리에게 부족한 것은 시간이 아니라 집중이다.

반복해서 하는 행위가 우리의 삶을 결정짓는다. 아리스토텔레스의 말처럼, 특출함은 행위가 아니라 습관의 결과이다. 창조적이 되는 비밀은 '창조적이 될수록 더 창조적이 된다.'는 것이다. 무엇인가를 창조하려면 자신이 틀릴 수도 있다는 두려움을 버려야 한다. 미국 팝아트 선구자 앤드 위홀은 말했다.

"예술 작품을 만든다는 생각을 하지 말고 그냥 완성하라. 그것이 좋은지 나쁜지, 좋아하는지 싫어하는지는 다른 사람들이 결정하게 두라. 그들이 결정하는 동안 더 많은 작품을 만들라."

진실하게 새 그림을 그릴 수 있다면, 그만큼 자신과 가까워진다. 새를 그리는 것이 나를 진실하게 만든다는 것을 나는 느꼈다. 우리가 지치는 것은 일을 너무 많이 하기 때문이 아니라 내면에서 빛을 발하는 기쁨 없이 일하기 때문이라는 말이 있다. 그것을 조셉 캠벨은 이렇게 말했다.

"당신이 해야만 할 일을 놀이로 하라."

그림에 관한 글이니까 폴 세잔의 이야기도 포함시켜야겠다. 세잔은 청년 시절 파리의 살롱전에 번번이 떨어졌다. 놀라지 말라. 드가, 르누아르, 모네도 매번 떨어졌으니까. 10년 동안의 조롱과 야유를 견디다 못해 낙향한 세잔은 기존 미술계의 기준을 따르지 않고 자신만의 길을 걷기로 결심했다. 그리고 선언한다.

"사과 하나로 파리를 놀라게 하겠어."

그는 끝없이, 정말로 끝없이 사과를 그렸다. 앞에 놓고 그리고 뒤에 놓고 그리고, 높은 곳에 놓고 그리고 낮은 곳에 내려놓고 그리고, 나란히 놓고도 그리고 바구니에 포개 놓고도 그렸다. 하나만 놓고도 그리고 열 개를 놓고도 그렸다. 사과가 썩을 때까지 그렸다. 그렇게 해서 세잔의 사과는 세계 3대 사과 중 하나가 되었다(나머지 두 개가 무엇인지는 유추해 보기 바란다).

일상의 순간에 예술적 생명감을 불어넣은 사진작가 앙리 까르띠에 브레송은 유명한 말을 남겼다.

"평생 삶의 결정적 순간을 찍으려 발버둥 쳤으나, 삶의 모든 순간이 결정적인 순간이었다."

평범한 사람이 특출난 사람을 이기는 유일한 방법은 한 가지를 죽어라고 하는 것이라는 말이 있다. 이 문장에 '재미있게'라는 단어를 넣으면 더 완벽할 것이다. "평범한 사람이 특출난 사람을 이기는 유일한 방법은 한 가지를 '재미있게' 죽어라고 하는 것이다." 그때 좋아하는 것이 세상과의 유쾌한 승부가 된다. 1등을 하는 사람보다 재미있는 2등을 하는 사람이 나는 더 좋다. 내일부터 매일 새 그림을 그리고 또 그리겠다. 새 그림 하나로 나 자신을 놀라게 하고야 말겠다.

봄의

제전

　서양으로 망명한 러시아 작곡가 이고르 스트라빈스키의 발레 음악 「봄의 제전」은 티베트와 인도를 여행한 신비주의 화가 니콜라스 뢰리히가 무대 배경 그림을, 천재 무용수 니진스키가 안무를 맡았다. 파리의 상젤리제 극장에서 초연되었을 때(1913년) 파격적인 발레를 이해하지 못한 관객들은 고성과 야유를 퍼부었다. 소동에 묻혀 음악이 들리지 않았고, 결국 공연은 아수라장 속에 막을 내렸다.

　하지만 1년 후 발레 없이 음악으로만 발표되었을 때는 대성공을 거두며 「봄의 제전」은 고전의 반열에 오르는 명성을 얻었다. 곡의 서주부 '대지에 대한 경배'는 바순과 잉글리시 호른, 클라리넷, 오보에가 긴 겨울 끝에 대지가 깨어나는 봄의 소리를 표현한다. 특히 목관 악기 중에서 음의 높낮이가 가장 큰 바순이 도

입부에서 독주를 맡아 어딘지 모르게 부자연스럽게 연주함으로써 계절이 바뀌는 불안감과 머뭇거림을 전달한다.

한 가지 일화가 있다. 객관적이고 조용한 성격의 작곡가로 알려진 스트라빈스키가 한 바순 연주자를 퇴짜 놓았다. 당시 최고의 연주자 중 한 사람이었다. 그런데 연주를 너무 능숙하게 잘하기 때문에 오히려 봄의 위태로운 시작을 표현하기 어렵다는 것이 해고 사유였다.

겨울이 지배하는 차가운 대지에 첫 균열이 가는, 심장이 멎을 것만 같은 불확실한 순간을 표현하려면 연주자는 자신의 존재가 전율할 만큼 긴장해야 한다. 봄의 전조에 담긴 떨림을 전달하기 위해 작곡자 자신도 그때까지 연마한 모든 기법과 실험을 작품에 쏟아부었다. 그 바순 연주자는 이 부분에서 연주의 포인트를 놓쳤을 것이다. 실력이 뛰어났기 때문에 쉽고 능숙하게 연주해 혼이 실리지 않았던 것이다.

「봄의 제전」은 당대의 급진적인 음악 기법을 모두 사용한 복잡하고 강렬한 리듬으로 가득하다. 변칙적인 박자가 계속 엇갈리면서 관악기와 현악기들이 불안한 음향을 빚어낸다. 긴 겨울 끝에 봄을 맞이하는 인간의 원초적인 흥분과 알지 못하는 미래에 대한 긴장과 불안감을 표현하기 위해서다. 기존의 상투적인 환희와 기쁨으로 연상되는 봄의 경배와는 사뭇 다르다. 판을 뒤엎으며 들썩거리는 새로운 봄의 세상에 겨울이 얼마나 완강히

버티려 드는지 여실히 드러난다.

한 바이올린 연주자가 자신이 연주해야 할 악절이 너무 난해해 사실상 연주가 불가능하다고 하자, 스트라빈스키는 말한다.

"나는 누군가가 이 악절을 연주하는 소리를 원하지 않습니다. 내가 원하는 것은 누군가가 그것을 연주하려고 '시도하는' 소리입니다."

악기 연주만이 아닐 것이다. 우리는 자신의 분야에서 뛰어난 실력을 갖추기 원하고 또 그것을 위해 노력하지만, 때로는 중요한 부분에서 핵심을 놓칠 수 있다. 그 일에 마음과 혼이 담기지 않는 일이다. 시인 지망생이나 작가가 되고 싶어 하는 이들이 종종 자신의 작품을 보내 오고 의견을 묻는다. 언어를 다루는 실력이 뛰어나 장래가 기대되는 이도 있다. 이들은 머지않아 작가의 대열에 설 것이다. 그러나 언어 기교가 돋보이기 때문에 읽는 이의 가슴으로부터는 오히려 멀어지는 경우가 있다.

자신의 작품 세계와 앞으로의 삶이 어떻게 전개될지 모르는 떨림이 서툰 언어 속에 녹아 들어 있는 글은 독자의 혼을 건드린다. 아직 문단에 등단하지 않은 젊은 시인이 보낸 '흙이 숨겨 놓은 봄을 발견할 때까지/ 눈을 감고 오직 밑바닥에 닿아야 한다'라는 시구는 어딘지 뭉클하다. 어쩌면 우리가 작가에게 기대하고 감동하는 것은 삶과 세계에 대한 능숙한 해석이 아니라 그 불확실한 계절에 가닿으려는 시도일 것이다.

우리는 시도하고, 시도하다가 생을 마치는 운명이다. 그것이 시든, 음악이든, 그 무엇이든 그대가 '이룬 것'을 들고 내게 오지 않았으면 좋겠다. 서툴고 거칠더라도 혼을 담아 '시도한 것'을 들고 오면 더 좋겠다. 그러면 나도 이 삶에서 시도한 것들을 보여줄 것이다. 겨울 속에서 봄을 시도하고, 불완전한 환경에서 완전한 사랑을 시도하고, 굴레에도 불구하고 자유와 깨달음을 시도한다는 점에서 우리는 많이 다른 존재가 아니다.

스트라빈스키의 또 다른 일화가 있다. 그는 매일 아침 작업실에 들어가면 맨 먼저 피아노 앞에 앉아 바흐의 푸가를 한 곡씩 연주했다. 그런 다음에야 10시간 작곡에 몰두했다. 아마도 그는 자신을 음악가라고 느끼는 의식이, 악보와 자신을 연결시키는 연주가 필요했을 것이다. 아니면 자신의 영웅인 바흐를 존경하며 그날의 작업을 위해 축복을 내려주기를 비는 의미였는지도 모른다.

자신의 손가락을 유연하게 하고, 일에 발동이 걸리게 하고, 마음이 음악을 생각하게 만드는 단순한 수단이었을 수도 있다. 어떤 이유였든, 작업실에서 매일 아침 반복하는 그 똑같은 행위가 자신의 일을 시작하는 의식이었음을 짐작할 수 있다.

그렇다면 질문은 이것이다. 그대의 바흐 푸가곡은 무엇인가? 그대가 하는 일이 단순히 취미 생활이 아니라면, 그 일을 그대의 삶 자체로 여긴다면 그대가 매일 하는 의식은 무엇인가? 나의 경우는 매일 아침 글을 쓰기 시작하기 전에 내 시집을 열어 내가 쓴 시를 한 편씩 읽는다. 지난 30년 동안 이것을 건너뛴 날이 거의 없다. 산문을 쓰든, 번역일을 하든, 다른 시인들의 시를 모아서 엮든, 나 자신이 시인이라는 사실을 잊지 않고, 내 안의 시인에 연결되기 위해.

시인이며 소설가인 찰스 부코스키는 "네가 사랑하는 것을 찾으라. 그리고 죽을 만큼 그것에 빠져 보라."고 했다. 영혼의 작업에 다만 집중하라는 의미이다. 불꽃을 계속 태우는 것이 삶이다. 생을 불태우려면 자신이 불타는 것을 견뎌야 한다.

네가 어떤 기분인지
내가 잘 알아

우울증으로 고통받는 한 여성이 자신의 힘든 삶을 이야기하며 눈물지었다. 날마다 무기력감에 시달리고, 잠이 오지 않거나 너무 많이 자거나, 일상생활과 대인 관계에서 아무런 흥미를 느끼지 못한다고 했다. 나와 대화하는 중에도 안절부절못하고 손가락을 만지작거리는 등 자신 없는 태도를 보였다.

그녀의 우울증에는 원인이 있었으며, 그것은 이미 일어난 일이어서 되돌이킬 수도 없었다. 세상이 즐거움과 기쁨으로 넘치고 있는데, 왜 자신은 그런 불행을 겪어야 할까? 병원에서 처방한 약을 먹어도 몸이 처지고 시야가 흐릿할 뿐, 감정 조절이 어려워 극단적인 생각을 한 적도 있다고 했다. 봄이 와서 꽃들이 환했지만, 그녀의 내면은 '인생의 재미없음'으로 어둡고 냉담했다. 흔히 말하는 '마음의 감기' 정도가 아니었다.

나는 연민심에 압도되어 그녀를 위로하며 말했다.

"너무 절망적으로 생각하지 말라. 당신만이 아니다. 아무 문제 없어 보이는 나도 한동안 우울증에 시달린 적 있다. 당신이 어떤 기분인지 내가 잘 안다. 글 한 줄 못 쓰고 엎어져서 일주일 넘게 잠만 잔 적도 있고, 머릿속 신경다발이 느슨해진 듯한 무기력에서 헤어나지 못할 때가 있었다."

그리고 내가 겪었던, 그녀가 겪고 있는 아픔과 필시 큰 차이 없을 일들을 설명하며 그녀도 조만간 그 과정을 벗어날 것이라고 안심시켰다. 아무렇지 않은 듯 살아가는 주변의 많은 사람들뿐 아니라 톨스토이, 헤밍웨이, 반 고흐, 모차르트, 베토벤도 우울증과 조울증으로 고통받았다는 사실을 말해 주었다.

나의 조울증이 도진 게 아닌가 의심될 만큼 갑자기 말이 많아지고 감응력이 풍부해졌지만, 어떻게든 그녀가 혼자가 아니며 그녀만이 겪는 일이 아니라는 사실을 이해시키고 싶었다. 중간중간 재미있는 비유로 농담을 섞어 가면서.

그녀는 내 말에 귀를 기울이더니 "그 말이 옳아요. 당연히 나만 겪는 문제는 아닐 거예요. 잘 알겠어요." 하고 말하고는 조용히 내 집필실을 떠났다. 앞에 놓인 커피가 다 식도록 한 모금도 마시지 않은 채.

그녀가 떠난 후, 내 위로와 조언이 아무 효과가 없었음을 느꼈다. '당신 말이 옳다.'라고 그녀는 말했지만, 정말로 나는 옳은 말만 했을 뿐 그녀의 혼이 통과하고 있는 고통과 절망을 이해한 것이 아니었다. 날개는 바람과 대화하는 법을 알지만 우리는 아픔을 겪는 사람과 이야기하는 법을 잘 모른다. 누군가의 아픔이 어떤 범주에 들어간다고 해서 그 아픔을 일반화시켜 말해서는 안 된다. 심리학 서적에 명확히 설명되어 있다 해도 저마다의 아픔은 그 사람만의 고유한 경험이다.

봄의 주머니에서 꺼낸 이름들로 꽃마다 다른 이름으로 불러야 한다. 같은 종족의 사람이라도 저마다 이름이 있듯이, 같은 부족의 제비꽃일지라도 얼굴과 표정이 제각기 다르기에 그저 제비꽃이라고 부르는 것은 무례한 일이다. 상처도 마찬가지다. 상처마다 그 상처의 기억이 다르기 때문에 그저 상처라고 부르는 것은 옳지 않다. 상처는 영혼의 일이므로 각각의 상처마다 다른 이름으로 불러 주어야 한다. 그것이 그 상처에 대한 존중이다.

그렇지 않았기에 나는 결국 그녀를 더 혼자라고 느끼게 만들었다. 가장 나쁜 대화법의 한 예이다. 화살을 등에 맞은 사람이 아픔을 호소할 때, "좌절하지 말고 용기를 내! 그 고통 내가 잘 알지. 하지만 별거 아니야. 나는 화살을 세 개나 맞은 채로도 잘 살아가고 있어." 하고 말하며 자기 등에 꽂힌 화살들을 보여 주는 것은 그 사람에게 더 큰 두려움을 안겨 줄 뿐이다. 앞으로 더 많은 화살이 등에 꽂힐지 모른다고 생각하거나, 한 개의 화살도 견디지 못하는 자신이 나약한 존재라고 느끼게 될 테니까.

'모두가 겪고 있는 일이기 때문에 큰 문제가 아니다.'라는 식의 암시는 조언이 아니라 무시이다. 그런데도 우리는, 누군가는 화살을 다섯 개나 등에 꽂고도 성공해서 잘 살고 있다고 예를 든다. 위로도 아니고 격려도 아니며, 호러일 뿐이다. 그때 관계는 멀어진다. 영혼이 겁을 먹고 뒤로 물러나기 때문이다.

지금 고통을 겪는 사람에게서 "당신 말이 옳아요."라는 말을 듣고 싶어 하는 것은 자기도취이다. 위로가 필요한 사람 앞에서 자신의 경험을 늘어놓는다면 이타주의자가 아니라 자기중심적인 사람이다. 예를 들어, 실직을 하고 막막해하는 젊은이에게 "나를 봐. 나는 평생을 직장 다니지 않고도 내가 원하는 글을 쓰면서 잘 살아왔어."라고 하거나, 자녀가 공부를 안 해서 걱정인 부모에게 "잘 될 거예요. 어떤 미래가 기다리고 있을지 아무도 몰라요. 나는 학교 다닐 때 낙제했어도 작가가 되었잖아요."라고 말하는 것은 조언이 아니라 이야기의 초점을 교묘히 자신에게로 돌리는 자기 과시이다.

미국 공영 라디오 진행자 셀레스트 헤들리가 강연에서 자신의 경험을 이야기한다. 그녀의 친구 한 명이 아버지와 영원한 작별을 했다. 사무실 건물 밖에 홀로 앉아서 수평선을 응시하고 있는 친구를 발견하고 헤들리가 다가가 위로하며 말했다.

"너의 슬픔을 나도 이해해. 나의 아버지는 해군에 복무하셨는데, 내가 한 살도 안 되었을 때 임무 수행 중 배가 침몰해서 익사하셨어. 나는 아버지의 얼굴도 모르고 자랐어. 그래서 살아오는 내내 아버지가 그립고, 아버지의 부재가 힘들었어."

헤들리는 그저 친구가 혼자가 아니라는 것을, 자신도 비슷한 일을 겪었기 때문에 그녀가 느끼는 것을 충분히 이해한다고 말하고 싶었다. 하지만 헤들리가 말을 마치자 친구가 말했다.

"그래 좋아, 네가 이겼어. 넌 아버지를 알지도 못했는데, 최소한 나는 나의 아버지와 함께 30년 이상을 보냈어. 넌 훨씬 나쁜 상황을 견뎠어. 그러니까 나는 아버지가 돌아가신 것에 너무 슬퍼하지 말아야 해."

헤들리는 당황해서 말했다.

"아냐, 그런 뜻으로 한 말이 아니야. 난 단지 네가 어떤 기분인지 나도 잘 안다고 말한 거야."

그러자 친구가 말했다.

"아니, 넌 이해하지 못해. 넌 내 기분을 조금도 몰라."

그렇게 말하며 친구는 떠났고, 헤들리는 자신이 그녀의 슬픈 감정을 조금도 위로해 주지 못했음을 깨달았다. 친구는 자신이 느끼는 날것 그대로의 감정과 기억을 공유하기를 원했다. 그녀의 아버지가 어떤 사람이었는지 말하고 싶었다. 그런데 헤들리는 그녀에게 헤들리 자신의 이야기를 들으라고 한 것이다.

교사의 교사로 불리는 사회운동가 파커 J. 파머는 사십 대의 10년간 삶이 산산조각 나는 우울증에 걸려 참담한 시간을 보냈다. 무기력과 절망감으로 외부 활동도 할 수 없었고 집에 갇혀 지냈다. 수개월 동안 커튼을 친 채 어두운 방에 갇혀 지내자, 친구는 그에게 외출을 자주 하는 게 어떻겠느냐며 자연의 치유를 권했다.

"밖에 나가서 신선한 공기와 햇빛을 즐기는 건 어때? 꽃이 만발하고 날씨도 좋아서 우울증에는 최고의 치료제야."

하지만 우울증에 걸리면 머리로는 바깥이 화창한 날이라는 것을 알아도 마음으로는 그것을 느낄 수 없다.

파커는 대답했다.

"그럴 수가 없어. 세상이 칼날로 가득 찬 느낌이야."

또 다른 사람들은 그의 자아상을 북돋아 주려고 노력했다.

"자신감을 갖도록 해. 지금까지 많은 사람들에게 도움을 줬잖아."

하지만 우울증에 걸리면, 마음속에서 들리는 목소리는 자신이 아무 쓸모없는 사람이라는 것이다. 따라서 그런 칭찬은 '내가 벌레만도 못한 인간이라는 걸 알면 이 사람들은 다신 나를 만나려 하지 않을 거야.'라는 생각을 불러일으켜 우울증을 더 깊어지게 했다.

한 친구는 달랐다. 그 친구는 어느 날부턴가 파커의 허락을 얻어 매일 오후 그의 집에 들러서 그를 의자에 앉히고는 무릎을 꿇고 신발과 양말을 벗긴 후 30분 동안 발 마사지를 해 주었다.

말은 거의 한 마디도 하지 않았다. 어쩌다 말을 해도 조언 따위는 하지 않고 그저 자기가 느끼는 파커의 상태를 말해 주었다. "오늘 네가 얼마나 힘든지 느껴진다."라거나, "네가 더 강해지는 것 같은데."라고 말하곤 했다. 파커는 늘 반응을 보이지는 않았지만 친구의 말이 정말로 도움이 되었으며, 서서히 우울증에서 헤어났다.

의학적인 충고에서부터 사랑과 상실에 대한 조언에 이르기까지 우리는 "도와줄게, 내 말 들어봐." 하고 말하는 사람들을 만난다. 그러나 무엇이 다른 사람에게 최선인지 안다고 생각하는 것은 오만이다. 방향을 가리키는 나침반은 같지만 길을 가리키는 나침반은 저마다 다르기 때문이다.

상대방이 이야기할 때는 상대방이 주인공이 되어야 하며, 자신이 주인공이 되려고 해서는 안 된다. 파머는 말한다.

"인간의 영혼은 조언을 듣거나 바로잡아지거나 구원받기를 원하지 않는다. 그저 있는 그대로의 모습으로 봐 주고, 들어 주고, 동반자가 되어 주기를 원할 뿐이다. 우리가 고통받는 사람의 영혼에 깊은 절을 할 때, 우리의 그러한 존중은 그 사람이 고통을 극복하는 중요한 치유 자원이 된다."

어떤 것이 진정한 공감이며 치유의 방식인지 말해 주는 일화가 있다.

캐나다 북부의 인근 마을에 사는 두 여성이 매서운 겨울 밤에 각자 차를 몰고 집을 나섰다. 한 명은 임신한 딸을 병원에 데려가야 했고, 다른 한 명은 아프신 아버지를 돌보기 위해 급히 아버지의 집으로 가야 했다. 두 사람은 서로 반대 방향에서 눈폭풍을 뚫고 도로를 달리고 있었다.

두 사람은 갑자기 멈춰 서야만 했다. 거대한 나무가 쓰러져 도로를 가로막은 것이다. 나무 반대편에 서서 서로의 절박한 이야기를 들은 두 사람은, 차 열쇠를 교환한 후 서로 상대방의 차에 올라타고 목적지로 향하는 데 불과 몇 분밖에 걸리지 않았다.

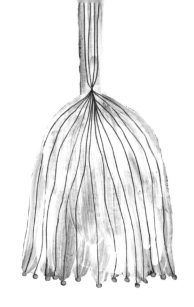

우리는 희망하고, 절망하고, 희망한다.
이것이 우리의 날갯짓이다.

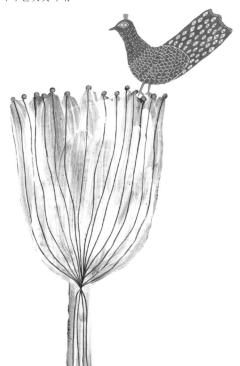

나는

기린이었구나

만약 자신이 주인공인 로드 무비를 찍고 싶다면 북인도 마날리에서 출발해 라다크의 '레'라는 소도시에 가 볼 일이다. 딜럭스 버스는 서른 시간, 미니버스나 지프는 스무 시간이 걸린다. 어느 쪽을 선택하든 당신이 '딜럭스'나 '지프'에 대해 가진 고정관념을 깨는 기회가 될 것이며, 인간이 계산한 시간이 얼마나 부질없는가도 체험할 것이다.

끝없이 구불거리는 길은 단 두 종류이다. 왼쪽 낭떠러지-오른쪽 낙석, 아니면 왼쪽 낙석-오른쪽 낭떠러지이다. 게다가 도로 폭이 거의 일방통행이어서 앞에서 차가 오면 머리를 짜내는 정도가 아니라 길을 짜내야 한다. 절벽을 내려다보면 뼈대만 남은 버스나 트럭이 저 아래 뒤집혀 있다.

차가 널을 뛰어 본인의 의지와 상관없이 계속 공중부양하는 자신을 보게 될 것이다. 그러나 놀라지 말라. 그런 버스에 자리가 없어 서서 가는 사람도 있으니까. 영화감독인 신은 당신이 졸고 있을 때 갑자기 '멈춰!'를 외친다. 차바퀴가 펑크 난 것이다. 그토록 심하게 누더기가 된 바퀴를 보는 순간 정신이 아찔하다. 그런 바퀴로 이 높은 곳까지 올라왔다는 것에. 오직 이 로드 무비가 해피엔딩으로 끝나길 기도하는 수밖에.

내가 좋아하는 러시아 출신의 신비주의 화가 니콜라스 뢰리히의 미술관이 있다는 이유로 마날리에 갔었다. 그리고 그가 그린 히말라야들을 내 눈으로 보기 위해 고산병 약도 먹지 않고 레로 향하는 버스에 몸을 실었다. 마날리를 출발해 두 시간 거리의 로탕 패스(4,000미터)에서 이미 고산병이 시작되었다. 그냥 참고로 말해 두지만, 로탕 패스는 '시체가 쌓인 고개'라는 뜻이다. 얼마나 많은 사람이 목숨을 걸고 넘었으면 그런 이름이 붙었겠는가.

잊지 말기 바란다. 고산병은 체력 조건과는 아무 상관이 없다. 자신감 넘치던 당신은 미니버스나 지프에 시체처럼 얹혀 갈지도 모른다. 차 안의 비상 석유통이 흘러 석유 냄새까지 진동하지만 밤이 오고 추워져 창문을 열 수 없다. 사람이 거의 살지 않는 사르추(4,500미터)와 라츠룽라(5,000미터)를 넘을 때쯤 당신은 거의 혼수상태이다. 머리를 꽉 조이는 모자를 쓴 것 같은 착각에 벗으려고 계속 손을 올리지만 머리에는 아무것도 없다. 그리하여

세계에서 두 번째로 높은 자동차 도로 타그랑라(5,328미터)에 이르면 인생 사진을 찍을 생각보다 머리가 깨지도록 아팠다는 트라우마를 적어도 20년은 간직하게 될 것이다.

그 황량한 곳 어디쯤에 차를 멈추게 하고서 '깨진 머리' 부여안고 비틀거리며 내려 소변을 보다가 고개를 쳐드는 순간, 나는 너무 놀라 넋을 잃었다. 손을 뻗으면 닿을 듯한 곳에 크고 둥근 보름달이 밤하늘 가득 빛나고 있었다. 그리고 뢰리히의 그림 속에 있던 흰 만년설이 사방에 펼쳐져 있었다. 그 형용할 수 없는 환희를 어떻게 표현할 것인가? 그 경이의 순간, 도중에 마신 버터티를 다 토해 내면서도 고통은 사라지고 존재가 무한히 확장된다. 자신도 모르게 눈물이 주르륵 흐른다.

축복의 순간이란 그런 것이다. 내가 열리면 모든 것을 이해할 수 있게 된다. 나는 왜 이 명백한 것을 보지 못하고 살았던가? 수많은 고개들을 넘는 매 순간, 달이 그곳에 빛나고 있었다는 것을. 달이 바로 곁에 있는데 우리는 죽을 때까지 그것을 찾고 있다. 이보다 더 큰 수수께끼는 없다.

마침내 옛 라다크 왕국의 수도 레(3,500미터)에 도착하면 당신은 갑자기 평화로워지고 여행 내내 잔잔한 기쁨이 발길을 인도할 것이다. 전통옷 입은 여인들이 처음 보는 당신에게 라다크식으로 "줄레! 줄레!" 하고 인사한다. 당신도 처음에는 어색하지만 차츰 익숙하게 "줄레!" 하고 화답한다. 그곳에서는 "줄레!" 한마디면 모든 것이 통한다. 시냇물도 줄레 줄레 하고 흐르고, 당나귀도 줄레 줄레 하고 귀를 흔든다. 만날 때도 헤어질 때도, 고맙다고 말할 때도 "줄레!"이다. 그 "줄레!"가 당신을 살아나게 할 것이다. 당신은 스스로에게도 "줄레!" 하고 말할 것이다. 그러면 외로움과 아픔이 줄어든다. 천 개의 바람이 전생들 속으로 흩어지듯이 집착도 욕망도 사라진 이 평화로운 시간에 이르지 않았다면, 당신의 로드 무비는 아직 고난과 스릴을 넘나들며 왼쪽 낭떠러지 ─ 오른쪽 낙석의 길을 달리고 있는 중이다.

잊지 말기 바란다. 당신이 마날리에서 레까지 한 번 여행했었다고 해서 다시는 고산병에 걸리지 않는 것이 아니다. 그런 일은 없다. 갈 때마다 숨이 차오르고 머리가 지끈거릴 것이다. 평생을 그곳에서 산 현지인들조차 낮은 지대에 며칠 다녀오면 똑같이 고산병을 겪는다.

어려울 때는 스스로 행복해지라는 티베트 속담이 있다. 우리는 희망하고, 절망하고, 희망한다. 이것이 우리의 날갯짓이다. 물에 얼굴을 박고 넘어져 있다면 당신이 할 일은 얼른 일어나는 일이다. 물속에서 산소를 찾거나, 아가미를 만들려고 할 것이 아니라.

기린에 관한 이야기가 있다.

새끼 기린은 태어나면서부터 일격을 당한다. 키가 하늘 높이만큼 큰 엄마 기린이 선 채로 새끼를 낳기 때문에 수직으로 곧

장 떨어져 온몸이 땅바닥에 내동댕이쳐지는 것이다. 충격으로 잠시 멍해져 있다가 간신히 정신을 차리는 순간, 이번에는 엄마 기린이 그 긴 다리로 새끼 기린을 세게 걷어찬다. 새끼 기린은 이해할 수 없다. 이제 막 세상에 태어났고 이미 땅바닥에 세게 부딪쳤는데 또 걷어차이다니!

아픔을 견디며 다시 정신을 차리는 찰나 엄마 기린이 또다시 새끼 기린을 힘껏 걷어찬다. 처음보다 더 아프게! 비명을 지르며 고꾸라진 새끼 기린은 이 상황을 이해할 수 없어 머리를 흔든다. 그러다가 문득 깨닫는다. 이대로 가만히 있다가는 계속 걷어차이리라는 것을.

그래서 새끼 기린은 가늘고 긴 다리를 비틀거리며 기우뚱 일어서기 시작한다. 바로 그때 엄마 기린이 한 번 더 엉덩이를 세게 걷어찬다. 충격으로 자빠졌다가 벌떡 일어난 새끼 기린은 달리기 시작한다! 그렇지 않으면 계속 발길질을 당할 것이기 때문이다.

그제야 엄마 기린이 달려와 아기를 어루만지며 핥아주기 시작한다. 엄마 기린은 알고 있는 것이다. 새끼 기린이 자기 힘으로 달리지 않으면 하이에나와 사자의 먹잇감이 되리라는 것을. 그래서 새끼 기린을 무조건 걷어차는 것이다. 일어서서 달리는 법을 배우라고.

당신은 엉덩이를 걷어차인 적이 몇 번인가? 별로 기억나지 않는다면 각오하는 게 좋다. 조만간 연타로 발길질 당할 테니. 당신이라고 해서 삶이 살살 기분 좋게 굴리는 법은 없다. 그러나 걷어차이고 또 걷어차여도 당신은 일어설 힘이 있다. 당신은 기린이니까.

카뮈는 "눈물 나도록 살라."고 말했다. 그리고 『백 년 동안의 고독』의 저자 마르케스는 "인간은 어머니가 세상에 내놓은 그날 태어나는 것이 아니다. 인간에게 태어남을 강요하는 것은 삶이다."라고.

인생은 우리에게 엄마 기린과 같다. 때로 인생이 우리를 세게 걷어차면 우리는 고꾸라진다. 하지만 다시 비틀거리며 일어나야만 하고, 또다시 걷어채여 쓰러질 것이다. 그러면 우리는 또다시 일어난다. 그것이 우리가 성장하는 방식이다.

가슴이 부서지면 기도의 말이
가슴 안으로 들어간다

김혜자 배우가 제주도 배경의 텔레비전 드라마 「우리들의 블루스」에 출연하게 되어 서귀포 법환 마을의 내 돌집에서 여러 날 제주 사투리 연습을 했다. 내가 토박이 주민들과 친분이 있음을 알고 도움을 요청한 것이다. 사투리 강사는 같은 동네에 사는 화가와 나였다. 물론 강의는 그 화가가 맡고, 나는 그이가 가르치는 단어와 억양을 괜히 아는 체해서 배우를 주눅들게 했지만, 실제로는 여간해서 주눅드는 배우가 아니었다. 사투리는 서툴러도 내공이 보통 세지 않았다.

유명한 배우가 왔다고 마을 회장도 들르고, 동네 식당 주인은 전복죽을 끓여 오고, 강아지 끌고 산책하던 주민도 들렀다. 마침 나를 만나러 왔다가 귤밭 일 거들겠다고 나선 독자가, 졸리다는 핑계로 사투리 연습을 게을리하는 배우에게 바닷가 카페에서 커피를 사다 주며 기습적인 질문을 던졌다.

"아이들을 돕기 위해 30년 넘게 아프리카 다니셨잖아요. 그런 노력이 대단한 일이라는 건 두말할 필요 없지만, 그렇게 해서 아프리카 상황이 나아졌다고 생각하세요? 기독교를 전파해서 아이들이 더 인간적으로 자라나는 세상이 되었나요?"

물론 김혜자 배우의 아프리카 봉사 활동을 폄하하려는 어투가 아니었고, 현지의 비극적인 상황이 더 나아졌는지 궁금해서 물은 것이었다. 하지만 사투리 가르치던 화가도, 한라봉 한 상자 들고 배우의 사인을 받으려고 온 55세 배우 지망생도, 큰 돌 몇 개 돌담에 얹고 들어온 나도 잠시 긴장하고 어색해졌다.

인간의 악한 성향은 때로 창조주의 존재를 의심케 할 정도로 막무가내여서 우리가 아무리 이타적인 행동을 해도 세상을 불행과 고통 속에 몰아넣는다. 선한 영향력을 가진 유명 배우라도 인간세계의 불의와 모순 앞에서는 무력할 수밖에 없다.

분위기가 더 불편해지기 전에 마저 돌담 보수하러 가자고 독자를 일으켜 세우는 순간, 김혜자 배우가 입을 열었다.

"나는 아무 힘이 없는 사람이에요. 처음에는 나 한 사람의 노력만으로도 아프리카가 조금은 달라질 줄 알았어요. 하지만 당장 먹을 것도 없는데 아이가 아이를 낳고, 스무 살도 안 된 아이들이 총을 들고 다른 아이들을 죽이는 것을 보면서 내가 아무것도 할 수 없다는 걸 깨달았어요. 눈물을 참을 수 없었고, 매일 눈이 퉁퉁 부었어요. 내 안에 있는 것은 슬픔과 분노가 전부였어요. 어떻게 그렇지 않을 수 있겠어요? 아이들의 상처를 마약 묻힌 솜으로 닦아서 마약 성분이 스며들어 사람이 쥐로 보여서 죽였다는데……. 나는 기독교를 전파하려고 그곳에 간 게 아니에요. 흙탕물을 마시고, 파리가 눈곱에 덕지덕지 달라붙는 사람들에게 '하나님을 믿으세요. 하나님 믿고 구원받으세요.' 하고 말하는 건 폭력에 가까운 일이라고 나는 생각해요. 하나님이 그 현장에 계시다면 '나를 믿고 구원받으라.'고 하시겠어요? 먹을 걸 주고 병을 치료해 주지 않으시겠어요?"

독자가 눈치도 없이 계속 물었다.

"그럼 왜 계속 아프리카에 가신 거예요?"

배우가 특유의 꿈꾸는 듯한 미소를 지으며 말했다.

"내가 할 수 있는 일이 한 가지 있다는 걸 알았어요. 그곳 아이들과 여자들이 나를 좋아했어요. 내가 돈과 의약품과 식량을 지원해 주기 때문이 아니었어요. 사실 구호품들은 내가 주는 것이 아니라 구호 단체가 주는 것이니까요. 아이들은 내가 안아 주는 것을 좋아하고, 내가 얼굴을 만져 주면 행복해하고, 영양실조로 잔뜩 부푼 배를 해 갖고도 나를 보고 웃었어요. 특히 어린 엄마들은 나와 함께 손잡고 이야기하는 것을 좋아했어요. 말이 통하지 않아 통역을 거쳐야 했지만, 무슨 이야기를 하는가가 무엇이 중요하겠어요? 여자인 나와 여자인 그녀가 손을 잡고 앉아

서로 바라보는 것 자체가 좋은 거예요."

돌집에 피운 등유 난로 때문에 조금 전까지 졸려 하던 배우의 눈이 반짝였다.

"그것이 내가 할 수 있는 일이었어요. 그래서 계속 갔어요. 어떤 젊은 여자는 병에 걸려 치료도 받지 못하고 흙집 안에서 죽어 가다가 내가 가서 손잡아 주고 앉아 있으니까 감사하다고 말했어요. 그것이 마지막 말이었어요. '감사해요.'가. 나는 숨이 멎은 그녀의 손을 잡고 기도했어요. 이 여자를 천국으로 꼭 데려가 주시라고, 꼭……. 어린아이였을 때부터 내가 후원한 시에라리온(다이아몬드 광산을 차지하기 위해 인류 역사상 가장 잔혹한 내전을 겪은 서아프리카 대서양 연안의 국가-편집자 주)의 아이가 시집 가고, 아이 낳고, 시장에서 옷가지 몇 개 놓고 장사를 해요. 한 번은 그 나라에 또 갔는데, 그 아이가 있다는 시장에 가 봤어요. 어떻게 알고 저 멀리서 나를 보고 울면서 뛰어오던 모습을 잊지 못해요."

반짝이는 눈에 물기가 어렸다.

"세상에는 끝까지 이해할 수 없는 것들이 있어요. 진실은 우리의 이해 너머에 있어요. 전쟁과 기아와 질병 때문에 그 사람들이 겪는 고통은 우리가 상상할 수 없을 정도로 비극적이어서 그냥 외면하고 싶어질 정도예요. 외면하고 싶은 것일수록 함께하는 것이 필요해요. 외면이 그 문제들을 만든 원인 중 하나이니까요. 아프리카의 아이들과 여자들이 나를 만나는 걸 좋아하고 이야기 나누는 걸 좋아하는 이유는 내가 그들을 외면하지 않기 때문이라고 나는 생각해요. 내가 그들을 치료해 주고 문제를 해결해 준 것이 아니에요. 나는 단지 다가가서 '많이 아프겠구나. 그런데도 눈이 정말 예쁘구나. 영혼이 참 맑구나.' 하고 말을 걸어 주고, 나에게 시간이 허락할 때까지 함께 앉아 있어 주었을 뿐이에요. 짧은 순간이지만, 그렇게 나는 세상의 폭력에 대한 무력감에서 벗어날 수 있었어요. 그 축복의 순간들이 내가 느끼는 슬픔의 버팀목이 되었어요."

그녀의 이야기를 듣고 있는 우리 모두 잠시 눈을 감았다.

통합의학자 레이첼 나오미 레멘이 들려주는 일화가 있다. 정신과 의사인 그녀의 친구가 뉴욕에서 열린 융 학파의 꿈 분석 학회에 참석했는데, 청중이 꿈에 관련된 질문을 종이에 적어 내면 전문가 패널이 답하는 순서가 있었다. 칼 융의 손자도 그 전문가 패널 중 한 명이었다.

질문지 중 하나에 밤마다 잔악한 나치의 폭력에 의해 인간적인 존엄성이 짓밟히는 꿈을 계속 꾼다는 내용이 있었다. 패널 중 한 사람이 질문 내용을 큰 소리로 읽었다. 레멘의 친구 의사는 고문이 상징하는 의미에 대해 전문가 패널이 어떤 해석을 내릴지 궁금했다. 사실 분석이 그다지 어렵지 않은 꿈이었다.

그런데 패널의 반응은 달랐다. 질문지에 적힌 꿈의 내용이 낭

독된 후, 잠시 침묵이 흐르고 나서 융의 손자가 학회장에 가득 모인 청중을 둘러보며 말했다.

"여러분 모두 잠시 일어서 주시기 바랍니다. 이 꿈에 응답하기 위해 잠시 침묵하며 서 있습시다."

청중이 일어섰고, 일이 분 동안 모두 침묵하며 서 있었다. 친구 의사는 자신이 확신하는 그런 꿈 분석 토론이 이어지기를 기대하며 기다렸다. 그러나 청중이 앉자 패널들은 다음 질문으로 넘어갔다. 그녀는 왜 그 꿈을 분석하지 않고 넘어갔는지 이해가 가지 않았다. 그래서 학회에서 돌아와 융 학파의 정신분석가인 스승에게 그 일에 대해 물었다. 그러자 스승이 말했다.

"그건 말이야, 루이스, 세상에는 설명할 수 없는 고통이 있지. 어떤 말이나 분석도 소용없고 치료도 불가능한, 인간의 힘으로서는 도저히 어찌할 수 없는 그런 고통이지. 우리가 그런 고통을 대할 때 할 수 있는 것은 그 고통을 받고 있는 사람이 혼자가 아니라는 걸 알 수 있도록 거기 함께 있어 주는 일이야."

「우리들의 블루스」 촬영이 끝날 때까지 사투리를 지도해 준 화가는 나중에 그날의 김혜자 얼굴을 화폭에 담고 싶다고 했다. 인간적으로 빛나던 그 얼굴에서 숭고함을 보았다고 했다. 우리 모두 그녀가 말하고자 하는 진실과 그 진실에서 발산되는 빛, 그리고 등유 난로의 열기에 얼굴이 불그스레해졌다.

나와 함께 현무암 돌들을 날라 돌담 보수를 마치고 떠나면서 그 독자는 숙연해져서 말했다.

"저도 김혜자 배우님과 함께 있는 시간이 좋았어요."

하시디즘(유대교 신비주의) 계열의 어느 랍비는 제자들에게 모든 기도를 '가슴 위에' 두라고 가르쳤다. 한 제자가 물었다.

"왜 '가슴 안에'가 아니라 '가슴 위에' 두라고 하죠? 이유가 무엇인가요?"

그러자 랍비는 답했다.

"어느 날 우리의 가슴이 부서지면 기도의 말이 그 안으로 들어갈 테니까요."

찾아오지 않으면
찾아가기

숲속을 걷는데 개 한 마리가 나무 아래 앉아 있다. 가까이 다가가자 개는 성난 이빨을 드러내고 당신에게 달려든다. 당신은 겁에 질리고 화가 난다. 하지만 곧 개의 다리 하나가 덫에 걸려 있음을 알아차린다. 그 순간 당신의 감정은 분노에서 염려로 바뀐다. 그 개의 공격성이 고통과 취약성에서 비롯된 것임을 알기 때문이라고 명상 교사이며 심리상담가인 타라 브랙은 말한다.

북인도 바라나시의 인도인 친구 집에서 한 달 남짓 묵은 적이 있다. 가정식 인도 음식을 매일 먹을 수 있고, 낮에는 햇볕 드는 베란다에서 번역 일도 하고 글을 쓸 수 있어 좋았다. 처음에는 일주일 정도 머물 예정이었는데, 의외로 편하고 글도 잘 써져서 눈치 없이 눌러앉았다. 그 집 아이들도 나를 좋아해 학교에서 돌아오면 갠지스강에서 배를 타자거나 영화관에 가자고 졸랐다.

아이들을 데리고 친구 부부와 함께 본 영화는 공교롭게도 이런 내용이었다. 시골에 사는 남자가 뭄바이의 친척 집에 놀러 왔다. 처음에는 반갑게 맞이했지만 떠날 생각을 하지 않는 바람에 친척 부부는 불편한 점이 한둘이 아니다. 아침이면 남자가 화장실에 들어가 안 나오는 바람에(나는 절대 아님) 아이들은 학교에 지각한다. 부부는 어떻게든 그를 시골로 돌려 보낼 계획을 꾸미지만 번번이 실패한다. 그래서 날마다 신상 앞에 향을 피우고 기도한다.

"툼 카브 자오게?(의역하면 '제발 빨리 떠나 줘.')"

유명한 코미디 영화라서 고른 것이지 다른 의도는 전혀 아니라고 친구 부부는 쩌려보는 나를 안심시켰지만, 그런다고 쉽게 떠날 내가 아니었다. 의심스러운 식당 음식과 썰렁한 게스트하우스에 지쳤거니와, 여행 생활자를 자처하는 나도 가족적인 따뜻함이 필요할 때가 있었다.

그 집과 벽을 사이에 둔 옆집에 중년 여성이 혼자 살았다. 처음부터 나를 보는 시선이 예사롭지 않더니, 아니나 다를까 날카롭고 성마른 사람이었다. 거리 청소부와 행상인 등 거의 모두에게 언성을 높였다. 내 방 창문이 거리로 나 있어서 아침부터 그녀의 갈라진 목소리와 욕설을 들으며 잠이 깼다. 분노에 찬 고성이 멈추지 않았으며 곧잘 싸움으로 이어졌다.

사소한 말과 행동도 공격의 빌미가 되었다. 그녀의 성격을 알지 못하는 행인들은 좋은 먹잇감이었다. 이유 없이 이빨을 드러내고 덤비는 그녀를 누구도 이길 수 없었다. 잘못 건드렸다가는 걷잡을 수 없는 사태로 이어지기 때문에 모두가 그녀를 피했다. 그녀의 분노 속에 고통이 있음이 느껴졌다. 단순히 성격 문제가 아니라 상실감과 원한의 표현이었다.

친구의 아내가 설명했다. 계급이 다른 결혼으로 인해 그녀는 시어머니와 심한 갈등을 겪었고, 결국은 분가해서 시댁과 단절된 상태로 살았다. 그리고 몇 해 전 디왈리(인도의 추석에 해당하는 큰 축제) 때 다른 도시에 있는 시댁에 다니러 간 남편이 그곳에서 심장마비로 사망하고 말았다.

시어머니와 남편의 형제자매들은 그녀에게 알리지도 않고 장례를 치렀으며, 그녀는 상황을 알지 못한 채 남편이 돌아오기만을 기다렸다. 두 달이 지나서야 그 도시에서 온 사람으로부터 남편의 사망 소식을 전해 들을 수 있었다.

큰 충격과 슬픔에 사로잡힌 것은 당연한 일이었다. 하나뿐인 아들은 두바이에서 직장을 다니고, 그녀는 어둡고 텅 빈 집에 홀로 남겨졌다. 시댁에 대한 분노는 세상에 대한 원망으로 이어졌으며, 주변 사람들을 향한 공격성으로 분출되었다. 숲에서 홀로 덫에 걸린 감정은 치유될 길이 없었다.

어떤 이가 타인에게 상처를 주는 방식으로 행동할 때, 그것은 덫에 걸려 있는 그 사람의 고통체 때문이다. 티베트 불교에 정통한 학자 앨런 월레이스는 이렇게 표현한다.

"당신이 식료품 봉지를 한아름 안고 집으로 돌아오는데 누군가와 심하게 부딪치는 바람에 봉지 안의 내용물이 땅바닥에 나뒹굴게 되었다고 하자. 으스러진 달걀이며 흥건한 토마토 주스 사이에서 몸을 일으키며 당신은 소리를 지르기 직전이다. '도대체 눈을 어디다 두고 다니는 거야? 장님이야?' 고함을 치려는 찰나, 당신과 부딪친 그 사람이 실제로 시각장애인인 것을 알게 된다. 그 사람 역시 엎질러진 식료품들 사이에 넘어져 있다. 그 순간 당신의 화는 사라지고, 대신 연민심과 염려하는 마음이 일어나 이렇게 말한다. '다치지 않으셨어요? 제가 부축해 드릴까요?' 우리의 상황이 이와 같다."

어느 날 아침, 배가 꾸르륵거려 과일에 묻혀 먹으려고 다히(우유에 유산균을 넣어 발효시킨 수제 요구르트)를 사 가지고 오다가 부엌 창문으로 내다보는 그녀의 시선과 마주쳤다. 시비를 걸까 봐 내가 먼저 소리쳤다.

"나마스테, 바비지(형수님)!"

나이를 분간할 수 없는 장발의 외국인이 갑자기 "형수님!"을 외치자 그녀는 흠칫 놀랐다. 나는 인도 코미디 영화에 나오는 배우처럼 하이톤으로 외쳤다.

"바비지, 다히 카엥기(형수님, 요구르트 드실래요)?"

그리고 거부당하기 전에 다히 컵을 얼른 창턱에 올려놓아 주었다. 잠시 후 베란다에 나와서 살펴보니 (원숭이가 훔쳐 가지 않았다면) 그녀가 들여간 게 분명했다. 삼대째 하는 가게에서 밤새 발효시킨 소문난 다히였다. 바비지는 다히를 좋아하는 것이다! 그날 이후 아침마다 "바비지, 다히 카엥기?"가 내 노래가 되었다. 내가 갈 수 없을 때는 아이들을 시켰다. 이제 그녀는 나와 아이들에게는 화를 내지 않게 되었으며, 골목에서 들리는 시끄러운 언쟁도 눈에 띄게 줄었다.

유산균은 장에 좋으며, 활발한 장운동은 몸과 정신에 요가보다 효과적이라는 것이 나의 믿음이다. 밤에 누워서도, 벽 건너편 바비지의 장 속에서 꾸르륵거리며 유산균들이 활동을 개시해 그녀의 고통을 말끔히 낫게 하는 것을 상상했다. 비할 데 없이 굴곡진 삶도.

'제발 빨리 떠나 줘.'가 간절한 기도문이 되기 전에, 모란꽃에서 뒷걸음쳐 나오는 꿀벌 같은 아쉬운 심정으로 그 집을 떠나면서, 친구의 아내와 아이들에게 잊지 말고 바비지에게 수시로 다히나 과일을 선물할 것을 부탁했다. 친구의 아내가 "우리 집에도 놀러오면 좋은데, 오지 않는다."라고 말하길래 나는 '찾아오지 않으면 찾아갈 것'을 주문했다.

바비지가 어떻게 달라졌는지, 대대손손 잘 발효된 유산균 덕분에 그녀의 얼굴 피부가 얼마나 좋아졌는지 바라나시의 그 골목에 가면 확인할 수 있다. 문 앞에서 "바비지, 가르 파르 헤?"('형수님, 집에 있어요?' — 이 제목의 유명한 텔레비전 시트콤 드라마가 있다) 하고 불러보라. 녹슨 격자무늬 창살 사이로 웃는 얼굴이 내다볼 것이다. 내 친구의 아내는 잊지 않고 '찾아오지 않으면 찾아가기'를 실천했다.

고통은 주로 단절과 고립에서 온다. 이때 필요한 것은 두말할 필요 없이 '연결'이다. 그것이 나의 경험이다. 비록 이것을 깨닫는 데 생의 반이 걸렸지만. 꽃이 피지 않으면 꽃이 아니라 꽃이 자라는 환경을 바꿔야 한다.

누구나 삶에서 고립을 경험하고, 그때 세상과의 연결을 위해 나름의 몸짓을 한다. 우리에게는 그 몸짓을 읽는 연민과 공감의 눈이 필요하다. 홀로된 그녀의 분노와 싸움 역시 세상과 연결되기 위한 필사적인 시도였다. 비록 방법은 부정적인 것이었지만, 그 몸짓이 강하게 말하고 있는 것은 이것이었다.

"나는 살아 있어요. 나는 연결되고 싶어요. 나는 투명인간이 아니에요."

혹시 당신도 고립된 감정의 덫에 걸려 있다면, 다히 카엥기?

웃음은 마지막 눈물 속에
숨어 있었어

　대학생 때 낙제를 해 후배들과 한 학년 다시 다녀야 했다. '저 선배가 왜 우리와 함께 수업을 듣지?' 하고 어색해하는 시선이 불편해 수업을 빠지거나 또다시 낙제할지도 모른다는 불안감에 강의실 맨 뒷자리에 앉았다. 그리고 문학평론 시간에는 시집을, 시론 시간에는 소설책을, 소설 창작 과목 때는 평론서를 나름 규칙적으로 읽었다. 천재 시인을 몰라보고 낙제시킨 국문학과에 대한 일종의 저항 정신이었다.

　그런 나에게 신선한 충격을 안겨 준 학생이 한 명 있었다. 특이함에 있어서는 둘째가라면 서러운 나였지만, 그녀는 특이함을 넘어 도의 경지에 도달한 사람 같았다. 그녀도 나처럼 늘 뒷자리에 앉았는데, 어느 날 내가 팔이 접히는 오목한 곳에 코를 파묻고 자는 척하다가 이상한 기척에 고개를 드니 옆에 앉은 그녀가 자지러지게 웃고 있었다. 무엇이 그토록 우스운지 몰라도 몸을 연신 접었다 폈다 하면서 목젖이 보일 정도로 웃어 댔다.

더 놀라운 것은, 그녀가 그런 식으로 웃는데도 교수와 학생들은 아랑곳하지 않고 진지하게 수업을 이어 가고 있는 것이었다. 나는 어렸을 때 중이염 앓은 오른쪽 귀를 의심하며 손가락으로 귀를 후비기까지 했다. 그녀의 웃는 양상이 그만큼 남달랐기 때문이다. 그녀는 연신 숨이 넘어갈 듯이 웃으면서도 웃음소리를 전혀 입 밖에 내지 않았다. 그래서 사람들이 눈치채지 못하는 것이었다. 정말이지 매우 특별한 웃음법이었다.

소리 없는 염화미소에 대해서는 알았지만 미친 듯이 무음의 웃음을 웃는 경우는 난생처음이었다. 그녀는 목구멍 안쪽이 막힌 것처럼 꺽꺽거리며(실제로는 무음으로) 한참을 웃었다. 질식할 것처럼, 공기가 부족한 것처럼, 그리고 본인도 스스로를 제어하지 못하는 것처럼.

괜찮으냐고 차마 물어볼 수조차 없었다. 물론 괜찮은 사람이 그런 식으로 웃을 리는 만무했다. 그저 놀란 눈으로 바라볼 수밖에. 그러더니 그녀는 또 갑자기 아무 일 없었다는 듯 멀쩡한 얼굴로 돌아가 교수의 강의를 경청하고 열심히 필기까지 하는 것이었다. 지구 행성에 와서 낙제한 외계인이 다른 외계인과 조우한 기분이었다.

수업에 잘 들어가지 않았지만(황순원, 조병화 교수님의 자비심

덕에 연거푸 낙제는 면했다), 열 번 넘게 그녀의 기이한 웃음을 목격했다. 불과 이십 대 초반에 삶의 부조리함을 알았던 걸까, 아니면 괴로워서 울고 싶은데 왠지 웃는 일밖에 할 수 없었을까? 웃지 않으면 비명을 지를지도 모르기 때문에? 혹시 옆에 앉은 나를 보고 웃은 것인지도.

그녀의 기상천외한 웃음에 전염되어 하루는 나도 발작하듯이 무음으로 웃었는데, 그녀는 자기를 흉내 내는 나를 보고는 웃음을 뚝 그쳤다. 그러더니 손을 번쩍 들어 교수에게 나를 정신이상자라고 고자질하는 것이었다. 근접하기 힘들 만큼 미스터리한 여성이었다.

나중에는 참다 못한 문학개론 교수가 그녀에게 "무엇이 그렇게 우스운가? 나도 좀 같이 웃어 보자." 하고 물을 정도였다. 다른 사람들이 자신을 어떻게 생각하는지 신경 쓰지 않는다면 수준 높은 자유에 도달한 것이다. 그녀가 바로 그런 사람이었다.

그 후 그녀가 어떻게 되었는지는 모른다. '정상으로' 돌아와 다른 이들과 보조를 맞추며 현실 속을 바쁘게 뛰어다니고 있을지도. 나는 지금도 가끔 그렇게 웃는다. 세상에 대해서도 웃고, 어처구니없는 나 자신에 대해서도 웃고, 지루하게 심각한 사람을 물리칠 때도 그렇게 웃는다. '당신이 웃을 수 없다면 내가 웃어 줄게.' 하고. 아니면 '너 바보구나.' 하면서 서로 웃는다.

인도의 서사시 『라마야나』에 이런 구절이 있다.

"세 가지 진리가 있다. 신의 존재, 인간의 어리석음, 그리고 웃음이 그것이다. 앞의 두 가지는 우리의 이해 너머에 존재한다. 그러므로 우리는 웃으면서, 할 수 있는 것들을 해야 한다."

자주 큰 웃음을 터뜨리기 때문에 나는 달라이 라마를 좋아한다. 중국에 부당하게 나라를 빼앗긴 티베트의 정신적 지도자인데도 온갖 이유로 파안대소한다. 고통이 없어야 웃는 것이 아니다. 고통스럽기 때문에 더 크게 웃는 것이다. 그 여학생도 아마 그랬을 것이다. 그녀에 비하면 나의 저항 정신은 그야말로 아무것도 아니었다.

어떤 사람이 심리상담소를 다니며 마음 치료를 받았는데 내 글에서 많은 도움을 받았다고 했다. 특히 내 글에 웃음이 있어서 좋았다고 말해서 뿌듯했다. 그래서 그 사람에게 무음 웃음법을 가르쳐 주었는데 혹시 병이 도지지나 않았는지, 가족과 상담 의료부터 병이 심해졌다고 오해받지는 않았는지 걱정이다.

한번 웃어 보라. 버스나 지하철 안에서, 사무실과 카페에서 크게 '무음으로' 웃어 보라. 인간의 모순에 혐오감으로 응수하기는 쉽다. 그러나 소리 내지 않고 온 존재로 웃는 것은 쉽지 않은 일이다. 소리를 내지 않기 때문에 더 숨이 넘어간다. 그렇게 웃고 나면 다시 깊이 호흡하게 되고, 많은 문제가 사라진다.

인간은 날개가 없는 대신 웃는다. 웃음은 가슴의 날갯짓이다. 웃음과 울음은 같은 지점에 있고, 희망과 절망도 같은 곳에서 태어난다. 미국 시인 골웨이 키넬의 시 「울음」이 있다. 꼭 '소리 내어'('하하하' 부분에서는 큰 소리로!) 읽어 보자.

단지 조금 우는 것은 소용없다.
베개가 온통 젖을 때까지 울어야 한다.
그런 다음에야 너는 일어나서 웃을 수 있다.
그런 다음에야 샤워를 하며
얼굴 가득 물을 끼얹을 수 있다.
그런 다음에야 창문을 활짝 열고
'하하하!' 하고 웃을 수 있다.
만약 사람들이 '왜 그래?
무슨 일이야?' 하고 물으면
'하하하!' 하고 노래하듯이 답하라.
'기쁨은 마지막 눈물 속에 숨어 있었어!
그래서 그 눈물까지 다 울었어. 하하하!'

천국과 지옥에 대한

내 친구의 기준

우기가 끝나자 벌레들 숫자가 눈에 띄게 늘어났다. 벌레들을 잡아먹고 사는 도마뱀붙이에게는 천국이나 다름없었다. 나의 젊은 친구인 샨티가 요가를 배우며 한 달 동안 머문 남인도 마이솔의 게스트하우스에서 그녀를 환영한 것은 도마뱀이었다.

엄마와 딸처럼 보이는, 크고 작은 도마뱀 두 마리가 먼저 방을 차지하고 있었다. 그녀의 객실은 1층이었는데, 뒤뜰로 향하는 문이 따로 있었다. 풀밭이 잘 가꾸어져 있고, 커다란 님나무(인도의 라일락이라고도 불리는 치유의 나무)가 있어서 오후에는 그 아래 의자를 내다놓고 차를 마시거나 책을 읽을 수 있었다.

처음에는 두 도마뱀붙이가 하늘색 페인트 칠해진 벽을 오르락내리락하는 것이 그리 편하지 않았다. 그녀가 세낸 방에 더부살이하는 무단 투숙객들이었다. 날벌레를 사냥하기 위해 잽싸게 움직일 때면 타다닥하며 작은 네 발로 뛰어다니는 소리를 내었다. 하지만 덕분에 혼자서는 퇴치하기 버거운 벌레들을 없애 주는 동맹군으로 여기게 되었다.

정작 두 도마뱀은 그녀의 존재에 대해 아무 관심도 기울이지 않았다. 우기 끝이라 날이 습해서 요가 수업 마치고 오면 뒷문을 열어놓고, 안이 들여다보이지 않게 시장에서 산 사리 천을 커튼 삼아 쳤다. 그녀가 문을 열어놓으면 두 도마뱀은 자유롭게 뒷뜰로 나가 일광욕을 즐겼다. 하지만 저녁에 문이 닫히기 전에 방으로 돌아와야 한다는 걸 잘 알고 있는 듯했다.

방 안에 있을 때는 천장이나 벽에 붙어 모든 시간을 보냈기 때문에, 어느 날 아침 눈떴을 때 새끼 도마뱀이 뒷문 바로 옆 바닥에 벌렁 누워 있는 것을 보고 샨티는 소스라치게 놀랐다. 요가 수업에서 배운 사바아사나(송장 자세)처럼 움직이지 않고 있어서 끔찍한 일이 일어난 것만 같아 겁이 났다. 망설이며 다가갔지만 새끼 도마뱀은 미동도 하지 않았다. 작은 코가 나무문 가장자리와 문틀 사이의 틈새에 끼여 있었다.

다행히 문은 밖으로 열리게 되어 있었다. 조심하며 천천히 문을 밀어서 열자 도마뱀이 풀려났다. 그 순간, 밖에 있던 엄마 도마뱀이 방 안으로 뛰어들어 와 아기 도마뱀에게 몸을 밀착시키더니 자신의 꼬리로 아기의 꼬리를 쓰다듬었다. 아기는 서서히 몸을 움직여 엄마의 왼쪽 앞발에 자신의 머리를 얹었다. 살아 있었던 것이다!

무슨 일이 있었는지 그제야 이해가 갔다. 전날 저녁 아기 도마뱀이 방 안으로 들어왔지만 어미 도마뱀이 미처 들어오기 전에 그녀가 뒷문을 닫았고, 두 도마뱀은 방 안과 밖에서 문틀 옆 갈라진 틈에 코를 박고 애타게 밤을 지샌 것이다. 서로를 잃을까 봐 얼마나 겁이 났을까! 두 도마뱀은 서로의 존재를 감지할 수 있는 작은 틈새에 희망을 걸고 어둠의 시간을 함께 보냈다.

요가 수업을 하면서도 두 생명체의 존재가 어른거렸다. 이 사건을 계기로 샨티는 관계의 절실함과 진정성을 돌아보게 되었다고 했다. 우리에게 필요한 것은 함께 어둠의 시간을 통과하며 존재를 나누는 것인지도 모른다는 생각이 들었다.

다음 날부터는 저녁에 뒷문을 닫을 때 엄마 도마뱀과 아기 도마뱀이 방 안에 들어와 있는지 먼저 확인했고, 밤에 잠들면서도 그들이 시야에 있어야 마음이 놓였다. 그녀가 작별의 손을 흔들며 게스트하우스를 떠나는 날까지 두 도마뱀은 서로에게 의지하며 함께했다.

천국과 지옥의 차이는 무엇일까? 관계의 의미를 어디에 두든, '나'의 범위가 자기 주위 1미터에 불과한 것이 아마도 지옥일 것이다. 그리고 '나는 너를 잃을 수 없어.'라고 말할 수 있는 존재와 함께하는 것이 천국이리라.

파블로 네루다가 말한 것처럼, 아무것도 우리를 죽음으로부터 구원해 줄 수 없다면 적어도 사랑이 우리를 삶으로부터 구원해 주어야 한다. 요가 공부 마치고 귀국한 샨티가 다음의 글을 나에게 보내 주었다.

한 남자가 개를 데리고 길을 걷고 있었다. 남자는 주변 풍경을 즐기다 문득 자신이 죽었다는 사실을 깨달았다. 죽음의 순간을 기억했고, 옆에서 걷는 개도 몇 해 전에 죽었다는 것을 기억해 냈다. 그는 그 길이 자신들을 어디로 이끄는지 궁금했다.

잠시 후, 그들은 흰색 돌담이 높게 둘러쳐진 언덕에 이르렀다. 고급 대리석으로 지어진 성 같았다. 언덕 꼭대기에 높다란 아치형 입구가 보였다. 그 앞에 가서 보니 진주로 장식된 큰 문이 있고, 안으로 들어가는 길은 순금으로 도금되어 있었다. 그들이 다가가자 문지기가 문 안쪽에 탁자를 놓고 앉아 있었다.

거리가 충분히 가까웠을 때 남자가 소리쳐 물었다.

"실례이지만, 여기가 어디인가요?"

문지기가 대답했다.

"여기는 천국입니다."

"와! 혹시 마실 물 좀 있을까요?"

"물론입니다. 안으로 들어오면 곧 시원한 얼음물을 가져다 드리겠습니다."

문지기가 손짓을 하자 대문이 열렸다. 남자가 자신의 개를 가리키며 물었다.

"내 친구도 함께 들어가도 될까요?"

문지기는 고개를 저으며 말했다.

"미안하지만 반려동물은 받아들이지 않습니다."

남자는 잠시 생각한 뒤 발길을 돌려 개와 함께 가던 길을 계속 갔다. 한참 동안 걸은 후, 그들은 또 다른 언덕 꼭대기에 있는 농장 입구에 이르렀다. 그곳은 문이 한 번도 닫힌 적 없는 것처럼 보이고, 흙길에 울타리조차 없었다. 그들이 다가갔을 때 문 안쪽에서 나무에 기대어 책을 읽고 있는 문지기가 보였다.

"실례합니다. 혹시 마실 물이 있을까요?"

남자가 묻자 문지기는 문 안쪽의 보이지 않는 곳을 손짓하며 말했다.

"네, 물론입니다. 저기 펌프가 있어요. 안으로 들어오세요."

남자가 개를 가리키며 물었다.

"여기 내 친구는요?"

문지기가 말했다.

"펌프 옆에 물그릇이 있을 거예요."

남자는 개를 데리고 문을 통과했고, 남자의 말대로 구식 수동 펌프 옆에 그릇이 놓여 있었다. 그는 그릇에 물을 가득 채워 자신도 마시고 개에게도 물을 먹였다. 갈증을 해결한 뒤, 그와 개는 나무 옆에서 기다리는 문지기를 향해 돌아갔다.

남자가 물었다.

"이곳을 뭐라고 부르나요?"

문지기가 대답했다.

"여기는 천국입니다."

남자가 어리둥절해서 말했다.

"약간 혼란스럽네요. 길 아래쪽에 있는 성의 문지기도 그곳이 천국이라고 했거든요."

"아, 금으로 도금한 거리와 진주로 장식된 문이 있는 곳 말인 가요? 아닙니다, 그곳은 지옥입니다."

남자가 물었다.

"그들이 이곳의 이름을 사용하는 것이 괜찮은가요? 아무 문제 가 되지 않나요?"

문지기가 말했다.

"당신은 그렇게 생각할 수도 있지만, 우리는 크게 신경 쓰지 않습니다. 사랑하는 사람이나 가장 가까운 친구를 뒤에 떼어놓 고 떠나게 하는 곳이 지옥이라는 사실을 모두가 알 테니까요."

플랜A는 나의 계획,
플랜B는 신의 계획

작가이며 동기 부여 강사인 마이클 싱어는 재미있는 상상을 해 볼 것을 제안한다. 그것을 내 식으로 바꾸면 이렇다.

우리는 이 세상을 정글로 묘사하지만, 신은 인간이 지구 행성에서의 삶을 경험하라고 모든 것을 창조했다. 그래서 어느 날 지상에 내려와 처음 만난 인간에게 묻는다.

"내가 창조한 아름다운 곳에서 행복하게 잘 살고 있는가?"

"오, 당신이 세상을 만든 바로 그 신이군요. 행복하냐구요? 어떻게 내 인생을 이렇게 엉망으로 만들 수 있죠?"

"왜 그러지? 무슨 문제가 있는가?"

"몰라서 묻나요? 최악이에요. 경험을 통해 배움을 얻으라는 둥 아무리 좋은 말을 늘어놓아도 나와는 상관없는 일이에요."

"화를 가라앉히고 무슨 일인지 설명해 보게."

"나는 음악가 집안에서 태어났어요. 나의 부모님 둘 다 음악 교사였어요. 나는 비올라를 배웠고, 뛰어난 실력을 인정받아 교 향악단의 수석 비올라 연주자로 활동했어요. 그런데 유럽 순회 연주 중에 값비싼 비올라를 도둑 맞았어요. 보험에 들어 놓지도 않았는데 말예요. 그때 내 나이가 서른네 살이었어요. 내 경력이 한순간에 무너졌어요. 나는 자신감을 잃고 비올라 연주를 그만 두었어요. 삶이 조각나고 음악계는 나를 잊어버렸어요."

신은 미안한 마음이 들어 위로의 말을 건네지만, 그 사람의 분노와 원망에 찬 불평을 가라앉히기에는 역부족이다.

그런데 만약 동일한 사람이 이렇게 말한다면?

신이 묻는다.

"행복하게 잘 살고 있는가?"

"오, 당신이 세상을 창조한 바로 그분이시군요. 그렇잖아도 당 신을 만나면 감사하다고 말하고 싶었어요."

"무슨 좋은 일이 있었는가?"

"나는 음악가 집안에서 태어났고, 부모님은 음악 교사였어요. 나는 서른네 살에 교향악단의 수석 비올라 연주자로 활동했어 요. 그런데 유럽 순회 공연 중에 비올라를 도둑 맞았지 뭐예요. 보험에 들어 놓지도 않았는데. 그래서 비올라 연주를 그만두고, 어릴 때부터 하고 싶었던 성악으로 전공을 바꿨어요. 나에게 남 은 유일한 악기인 목소리로 음악을 하기 시작했어요. 비올라 대신 내 내면의 악기에 혼신을 바쳐, 나에게 주어진 소명대로 메조소프라노가 되었어요. 그리고 오페라 「아쇼카왕의 꿈」에 출연하면서 그 오페라를 작곡한 남자와 결혼했어요. 그는 나를 위해 '릴케 시에 부친 노래들'과 '네루다 시에 부친 노래들'을 작곡해 주었어요. 온 세상이 내 노래를 들으며 행복해하고 있어요. 이 모든 일이 당신의 마법 덕분이에요."

신이 반가워하며 말한다.

"오, 그대가 유명한 메조소프라노 성악가 로레인 헌트 리버슨이군. 그래미상 클래식 부문에서 최우수 성악상을 받았지. 그대의 노래는 성대가 아닌 가슴을 통해 나온다는 걸 나도 느꼈네. 그대가 노래한 바흐의 칸타타 '나는 만족하나이다'도 물론 좋지만, 한 리사이틀에서 그대는 앵콜곡으로 영화 「바그다드 카페」에 나오는 '당신을 부르고 있어요*Calling You*'를 불렀지. '나는 당신을 부르고 있어요. 나는 당신이 내 목소리를 듣고 있는 걸 알아요.'라는 가사가 나를 감동시켰지."

만약 당신이라면 두 사람 중 누구와 함께 있고 싶겠는가? 신이 개입하는 약간의 마법과 함께 삶을 극적으로 바꾸는 사람을 더 가까이하지 않겠는가? 물론 신은 어느 한쪽을 편애함 없이 둘 다를 사랑으로 품어 줄 것이지만.

신이 또 한 사람을 만나서 묻는다.

"이곳에서의 삶이 즐거운가?"

여성은 눈물을 흘리며 화를 낸다.

"어떻게 그런 질문을 할 수 있죠? 나는 직업을 가졌지만 삶을 즐기거나 웃을 일이 거의 없었어요. 유일하게 믿을 수 있는 남편에게 전적으로 의존했어요. 남편이 모든 경제적 결정을 내리고, 내가 갈 수 있는 곳과 갈 수 없는 곳을 정했어요. 내가 운전을 할 수 없다고 여겨 운전면허증 따는 일도 허락하지 않았어요."

신이 묻는다.

"그래서 끝까지 그렇게 살았단 말인가?"

"당신이 다 알지 않나요? 마흔 살 되던 해, 나는 암 진단을 받았어요. 병원에서 몇 주 보내고 집에 잠시 왔다가 다시 입원하곤 했어요. 그동안 내 남편은 다른 여자를 만났고, 저축한 돈을 모두 그녀를 위해 썼어요. 내 삶과 아이들의 삶까지 엉망이 되었어요. 신과 인간에게 완전히 버림받고 팍팍하게 살아가고 있는 나에게 어떻게 삶이 즐거우냐고 물을 수 있죠?"

신은 연민의 손길로 그녀의 등을 토닥여 준다. 그런데 만약 똑같은 사람이 이렇게 말한다면?

"당신도 알다시피, 모든 것을 남편에게 의존해서 살던 나는 마흔 살 되던 해, 암 진단을 받았어요. 내가 입원을 반복하며 치료를 받는 동안 남편은 다른 여자를 만났고, 내 삶과 아이들의 삶이 엉망이 되었어요. 갑자기 나는 잃어버린 것만 같았던 내 삶이 마침내 나 자신의 것이 되어야 한다고 느꼈어요. 두려웠지만 먼저 아이들을 데리고 어머니의 집으로 이사한 후 병원 치료를 마쳤고, 다행히 치료가 성공적이었어요. 그리고 이혼 서류를 제출했어요. 그런 다음 아이들과 함께 새 삶을 시작했어요. 운전면허를 따고, 처음으로 여름 휴가지를 내가 결정했어요. 사람들은 나의 내면뿐 아니라 외모까지 달라졌다고 말해요. 마치 상을 받은 것처럼 나 자신을 이해하고 존중하게 되었어요. 이 모든 일이 당신의 마법 덕분이에요."

내가 아는 사람의 실제 이야기이다. 신은 비극과 상실을 일으켜 우리의 삶을 돌아보게 한다. 그렇게 우리가 깨달음을 얻고 가슴이 원하는 삶으로 나아가게 한다. '우리를 기다리고 있는 삶을 살기 위해 우리는 자신이 계획했던 삶을 기꺼이 놓아 주어야 한다.'(조셉 캠벨) 우연을 거부하는 것은 신의 계획을 무효화시키는 것과 같다.

인생은 길을 보여 주기 위해 길을 잃게 한다. 돌아가는 길투성이의 인생에서 뜻대로 되지 않는 일과 행복한 일은 동시에 일어난다. 플랜A보다 플랜B가 더 좋을 수도 있다, 가 아니라 더 좋다. 플랜A는 나의 계획이고, 플랜B는 신의 계획이기 때문이다.

달을 보라고 하면 달을 보지 말고
달을 보라는 자를 보라

'달을 가리키면 손가락을 보지 말고 달을 보라.'는 것은 불교의 명언이다. 하지만 프랑스의 철학자 미셸 푸코는 "누군가가 달을 보라고 하면 달을 보지 말고 달을 보라는 자를 보라."고 했다. 당신이 달을 보면 누구에게 유리하며 어떤 결과가 일어나는지 살피라는 것이다.

푸코는 우리가 진리라고 받아들이는 지식은 권력을 가진 집단이 만들며, 그 지식이 다시 그 권력 집단을 지탱한다고 보았다. 진리란 객관적으로 존재하는 것이 아니라 그 사회, 또는 권력 집단에 의해 정해지는 하나의 지식일 뿐이라는 것이다.

어떤 사람이 천국을 이야기한다면, 당연히 그 사람은 죽어 본적도 없고 천국을 본 적도 없으므로, 그 말을 진리라고 믿고 따르기 전에 말하는 그 사람을 봐야 한다. 어떤 사람이 영적 깨달음을 이야기하거나 어떤 정치인이 정의와 국민을 이야기할 때도 마찬가지이다. 그 사람은 왜 그것을 말하며, 당신이 그의 추종자가 됨으로써 그 사람은 어떤 권력을 얻는가?

인문학 저자이며 뛰어난 번역가인 남경태는 푸코의 철학을 설명하면서 피노키오의 예를 든다. 제페토 노인은 자신이 만든 나무 인형 피노키오가 너무 예뻐서 진짜 아들이 될 수 있게 해 달라고 소원의 별에게 기도한다. 노인이 잠든 밤에 요정이 나타나 피노키오에게 생명의 숨결을 불어넣어 주자, 피노키오는 기지개를 켜며 깨어난다. 생명을 얻었지만 아직 나무 인형일 뿐인 피노키오에게 요정은 진짜 인간이 될 수 있게 해 주겠다고 약속하며 조건을 말한다. 인간이 되기 위해서는 옳고 그름을 배워야 한다는 것이다. 그리고 만약 거짓을 말하면 코가 쑥쑥 자라날 것이라고 경고한다. 물론 피노키오는 요정의 말에 따르겠다고 다짐한다.

하지만 이 이야기에는 문제가 있다. 옳고 그름이라는 것이 당연히 존재하는 것처럼 전제되어 있는 것이다. 피노키오는 옳고 그름 자체에 대한 의문을 품지 말고 '이미 존재하는 옳고 그름'을 알아야 하고, 그것을 따라야만 인간이 될 수 있다. 그래서 피노키오가 생명을 얻은 바로 다음 날 처음으로 하는 사회적 행동은 학교에 가는 일이다. 옳고 그름을 배워 인간이 되어야만 하기 때문이다.

세상은 우리에게 기성복을 주면서 그 옷이 절대 치수인 양 우리가 그 옷에 맞지 않으면 전적으로 우리 잘못이라고 결론 내린다. 옷이 몸에 맞지 않을 때, 자신이 둥근 구멍 속에 박힌 사각 나사 같은 기분이 들 때, 당신은 어떻게 하는가? 최선을 다해 옷과 구멍에 자신을 맞추지 않는가?

세상의 기준에 자신을 구겨 넣을 때 무슨 일이 일어나는지 보여 주는 우화가 있다.

한 남자가 새 양복을 맞추기 위해 이름난 재단사 줌바흐를 찾아갔다. 줌바흐는 남자의 치수를 재고 나서 최고의 옷감을 준비했다. 며칠 후 남자는 양복점에 들러 새 양복을 입고 거울 앞에 섰다. 그런데 오른쪽 소매가 왼쪽 소매보다 10센티미터쯤 더 길었다.

남자가 말했다.

"줌바흐 씨, 불평하고 싶지는 않습니다. 멋진 양복임에 틀림없지만, 한쪽 소매가 10센티미터 더 길어요."

줌바흐는 모욕을 당한 듯이 얼굴이 붉어졌다.

"양복은 잘못되지 않았소. 당신의 서 있는 자세가 문제요."

그렇게 말하며 양쪽 소매 길이가 똑같아질 때까지 남자의 한쪽 어깨를 억지로 밀어 올렸다. 그리고 말했다.

"보시오, 이렇게 서니까 옷이 완벽하게 맞지 않소."

남자가 다시 거울을 보았더니 이번에는 목 뒤로 불룩한 주름이 잡힌 것이 보였다.

"줌바흐 씨, 불평하는 게 싫지만 목 뒤로 불룩 튀어나온 저것
은 뭔가요?"

줌바흐가 단호하게 말했다.

"양복에는 잘못된 부분이 없소. 당신의 서 있는 자세가 문제
라니까!"

그러면서 옷 뒷덜미가 맞을 때까지 남자의 턱을 앞으로 잡아
당겨 등이 구부러지게 했다.

"보시오, 완벽하지 않소."

하지만 등을 구부리자 다른 문제가 생겼다. 남자가 말했다.

"양복 뒤쪽 밑이 쳐들리는데요."

줌바흐가 지적했다.

"당신 몸 뒤쪽을 위로 들어올려 양복 상의 속으로 들어가게
해 보시오."

그 말대로 하자 남자의 몸이 아주 볼만했다! 무릎은 구부러
지고, 엉덩이는 위로 쳐들리고, 등은 곱추처럼 굽었으며, 한쪽
어깨는 올라가고 반대쪽 어깨는 처져 있었다. 양복에 몸을 맞추
려고 안간힘을 쓰면서 얼굴은 앞으로 쑥 내밀어져 있었다.

결국 남자는 비싼 돈을 지불하고 나서 어색한 걸음걸이로 양
복점을 나섰다. 그가 버스 정류장에 서 있을 때 한 부인이 다가
와 말했다.

"멋진 양복이에요! 틀림없이 줌바흐 씨가 만든 옷이군요."

남자가 놀라서 물었다.

"어떻게 그걸 알죠?"

"줌바흐 씨처럼 솜씨 좋은 사람만이 당신같이 신체적 문제 많은 사람에게 완벽하게 맞는 옷을 만들 수 있으니까요."

세상은 언제나 우리에게 불행한 느낌이 들게 만든다. 무엇인가 불완전하고, 결핍되고, 부족하다고 믿게 한다. 일단 불행하다는 인식을 심어 놓은 다음 종교는 자신들의 교리를 믿어야만 행복할 수 있다고 설득하고, 정치인들은 자신들을 따라야만 행복 사회를 만들 수 있다고 선전한다. 사업가들은 자신들이 만든 신상품을 소유해야만 삶을 문제 없이 누릴 수 있다고 광고한다. 이들 모두가 가장 싫어하는 것은 우리 스스로 행복해지는 일이다. 그렇게 되면 우리를 조종하기 어렵기 때문이다.

세상의 기준에 자신을 맞추는 것은 스스로 불구가 되는 길이다. 옷에 자신을 맞추는 것이 아니라 자신에게 맞는 옷을 찾는 것이 불구에서 벗어나는 길이다. 세상이 재단해 주는 옷을 벗어 던지고 자신이 재단한 옷을 입어야 한다. 오렌지 과수원에 서 있는 사과나무라고 절망할 필요가 없다. 나를 보라. 나는 '세상에 맞지 않는' 점에 있어서는 전문가이다. 심지어 세상에 맞지 않는 사람들과도 잘 맞지 않는다.

사람들은 상자 안에 살면서 그 상자에 맞추지 못하는 사람을 문제 있다고 여긴다. 그래서 감수성이 날카롭고 낯가림이 심해 사회 적응자처럼 살아갈 수 없을 때, 아무리 해도 세상에서 말하는 행복에 접근하기 어려울 때 우리는 터무니없이 자신이 잘못되었다고 여긴다. 상자 안에 맞지 않으면 상자 밖으로 나와야 한다. 나간다고 죽지 않는다. 강물은 강폭이 좁다고 불평하지 않는다. 그저 넘쳐 자신의 길을 만들 뿐이다.

세상의 기준이 자신의 갈망을 채워 주지 못한다면 그때가 바로 자신의 길을 만들어야 할 때이다. 자신과 맞지 않은 사람을 만나고 있다면 자신을 그 사람에게 맞출 것이 아니라 자신과 맞는 사람을 만나야 한다. 자신이 아닌 모습으로 사랑받는 것보다 자기 자신이 되어 미움받는 것이 덜 위험하다. 다른 사람들을 잃는 것보다 더 두려운 일은 자신을 잃어버리는 것이다. 현실 적응자가 되지 말고 마법사가 되어야 한다.

새는 해답을 갖고 있어서
노래하는 것이 아니다.
노래를 갖고 있기 때문에
노래하는 것이다.

내일은 내가 이 세상에

없을지도 모르지만

서른한 살에 생을 마치고 사후 20년에 퓰리처상을 수상한 미국 시인 실비아 플라스는 소설 『벨 자』에서 주인공의 입을 빌려 자신의 삶을 고백한다.

"동화에 나오는 초록색 무화과나무처럼 내 삶이 내 앞에서 가지를 펼치는 것을 나는 보았다. 가지 끝마다 탐스러운 자주색 무화과 같은 멋진 미래가 유혹의 손짓을 했다. 한 무화과는 남편과 행복한 가정과 아이들이었고, 또 다른 무화과는 유명한 시인이었으며, 또 다른 무화과는 뛰어난 교수였다. 또 다른 무화과는 훌륭한 편집자, 그 옆의 무화과는 유럽과 아프리카와 남미였으며, 또 다른 무화과는 콘스탄틴, 소크라테스, 아틸라 같은 이상한 이름과 특이한 직업을 가진 연인들이었다. 그리고 또 다른 무화과는 올림픽 여자 조정 우승자였다. 이 무화과들 너머에는 내가 잘 알 수 없는 더 많은 무화과가 있었다."

그런데 주인공은 이어서 뜻밖의 말을 한다.

"나는 그 무화과나무의 갈라진 가지에 올라앉아서 굶어 죽어 가는 나를 보았다. 그 무화과들 중에서 어떤 것을 선택할지 마음을 정하지 못하고 있었기 때문이다. 그 열매들을 몽땅 따고 싶었다. 하나를 고르는 것은 나머지 모두를 잃는다는 것을 의미했기 때문이다. 그렇게 결정을 못 하고 앉아 있는 사이, 무화과들은 주름이 지면서 검게 변하더니 하나씩 내 발 앞의 땅에 떨어졌다."

모든 열매가 매력적으로 보여 어떤 것을 선택할지 계속 망설이는 사이, 그 열매들이 상징하는 미래가 하나씩 변색되어 떨어져 버렸다는 것이다.

나 역시 이십 대였을 때, 가지 끝마다 달린 열매들이 손짓하는 것을 보았다. 그 찬란한 미래 하나하나에 매혹되었다. 어떤 열매는 전 세계를 누비고 다니는 특파원이었고, 어떤 초록색 열매는 진실과 아름다움을 표현하는 시인이었으며, 또 어떤 열매는 사진작가였다. 어떤 열매는 영적 깨달음 이룬 수행자였고, 어떤 열매는 인도와 네팔과 티베트였다. 당연히 사랑하는 사람과 동행하는 삶을 상징하는 열매도 있었으며, 그 당시에는 내가 분명하게 이해할 수 없는 더 많은 미래의 열매들이 저만치 다른 가지 끝에 매달려 있었다. 어떤 열매든 손을 뻗어 나의 것으로 만들고 싶은 열망에 사로잡혔다.

그렇다, 한 가지 길을 선택한다는 것은 다른 많은 길을 '가지 않은 길'로 남겨 두는 것을 의미한다. 삶은 선택인 동시에 포기의 길이다. 나는 결국 시인의 무화과를 선택했고, 특파원이나 사진작가나 다른 멋진 미래들은 신문지처럼 접어 안쪽 호주머니에 넣었다. 이것은 단지 열 편이나 스무 편의 시를 쓰고 나서 다른 길로 간다는 것이 아니었다. 새벽부터 정오까지 글을 써야 함을 의미했으며, 정오부터 저녁까지 다음 글에 대해 고민해야 함을 의미했고, 병원 신세를 지든 자신의 예민함에 질리든 단어들을 수정하고 있어야 함을 의미했다.

노벨 문학상 수상자인 폴란드 시인 비스와바 쉼보르스카는 기자의 질문에 이렇게 답했다.

"저는 별다른 야심 없이 살아온 것 같아요. '시 한 편이 완성되었으니 다음에는 어떤 시를 쓸까?' 그 생각에만 빠져 지냈지요……. 이러한 운명에 감사하며, 내 삶에 일어난 다른 모든 일들에 용서를 구합니다."

또한 나는 지상의 많은 나라들 중에서 인도라는 나라를 선택했다. 이 거리를 지나면 모퉁이를 돌아 바람처럼 영원히 어딘가로 가 버리고 싶을 때, 평온한 세계의 틈이 갈라지는 소리를 듣게 될 때, 달아나도 좋다고 삶이 내게 가르쳐 주었다. 그때마다 인도로 향했다. 그것은 두세 번 다녀 본 후에 다른 나라로 행선지를 바꾸는 여행이 아니었다. 나라 자체가 아니라 그 나라가 상징하는 어떤 정신 세계를 삶이 끝나는 날까지 추구해 가야 하는 그런 긴 여정이었다.

"옷처럼, 다양한 삶을 입어 보고 어떤 옷이 나에게 가장 잘 맞는지 알아볼 수 없는 이유는 무엇일까?"

실비아 플라스가 한탄했듯이, 모든 열매를 원하는 것은 생의 시작에만 가능할 뿐 머지않아 선택을 내려야만 할 때가 다가온다. 결정을 미루는 것이 두려움 때문이든 더 멋있어 보이는 다른 삶을 포기하기 싫어서든, 열매를 비교하고 있는 사이 우리는 빠르게 나이를 먹고 그 미래들은 하나씩 검게 변해 발 아래로 떨어진다.

마침내 삶을 비관한 『벨 자』의 주인공은 바다 멀리 헤엄쳐서 돌아오지 못할 만큼 녹초가 될 때까지 수영하기로 한다. 그런데 헤엄쳐 앞으로 나갈 때, 심장이 격렬하게 뛰면서 외친다. 그녀는 깊은 숨 들이쉬며 심장의 소리를 듣는다.

'나는 살아 있다. 나는 살아 있다. 나는 살아 있다.'

살아 있다는 것, 그것은 심장이 침묵하지 않게 삶을 살아야 함을 의미한다. 미래를 고민하다 결국 아무것도 할 수 없게 된 소설 속 주인공처럼 이름난 시인, 멋진 남자와의 결혼, 행복한 가정, 뛰어난 교수라는 달콤한 무화과들 사이에서 고뇌하던 실비아 플라스는 그 무화과들이 검은색으로 변하는 것을 보고 어느 추운 날 스스로 생을 마감한다. 마지막 순간에 그녀는 '나는 삶을 살고 싶어.'라고 외치는 심장의 소리를 듣지 않았을까? 하지만 그때가 되면 돌이킬 수 없이 늦다.

누구에게나 초록색 무화과나무가 있다. 미래라는 열매들로 가득한 나무가. 우리는 살아가면서 많은 사람과 단절되지만, 가장 큰 단절은 지난날 자신이 꾸었던 꿈과의 단절이다.

실비아 플라스는 다른 작품에서 외친다.

"내가 되찾고 싶은 것은 예전의 나다!"

일본 소설가 나쓰메 소세키의 단편소설 『열흘 밤의 꿈夢十夜』에서 일곱째 밤 이야기의 주인공 남자는 큰 배를 타고 망망대해를 건넌다. 그런데 그 배를 타고 있는 이유도 모르고, 어디로 가는지도 모른다. 뱃사람을 붙잡고 어디로 가느냐고 묻지만 알 수 없는 말만 한다. 언제 육지에 닿을지도 모른다. 배에는 외국인도 있고 형형색색의 사람들이 타고 있다. 난간에 기대 울고 있는 여자도 있다. 자신이 배에 타고 있다는 사실조차 잊어버린 사람들도 있다.

불안하고 따분해진 나머지 남자는 죽기로 결심한다. 어느 날 밤, 주위에 아무도 없을 때 배의 난간에서 뛰어내린다. 그런데 발이 갑판을 떠나 배와 인연이 끊긴 그 찰나, 그는 갑자기 목숨이 아까워진다. 뛰어내리지 않았으면 좋았을 것이라고 생각한다. 멀어져 가는 배 안에서 들리는 사람들의 떠드는 소리를 듣고 문득 다시 살고 싶어진 것이다. 그러나 이미 때는 늦었다. 더 이상 그 세계로 돌아갈 수 없다는 절망 속에서 몸은 바다를 향해 다가가고 검푸른 물에 점점 가까워진다.

마지막으로 남자는 생각한다.

'나는, 어디로 가는지 모르는 배일지라도 역시 타고 있는 편이 나을 뻔했다고 비로소 깨달았다. 하지만 그 깨달음을 이용하지도 못한 채 한없는 후회와 공포를 안고 검은 파도 속으로 조용히 떨어져 내렸다.'

내가 선택한 이 길, 나에게 손짓하던 그 많은 무화과 중에서 이 열매가 나에게 최선이었는지는 알 수 없다. 그럼에도 이 배를 끝까지 타고 가서 목적지를 확인할 것이다. 내일은 내가 이 세상에 없을지도 모르지만 끝까지 가 보는 것, 그것이 내가 할 수 있는 최선의 성실함이다. 어차피 나는 죽음에 패배하기 위해 태어났다. 하지만 아름답게 패배하는 것은 나에게 달린 일이다. 심장이 침묵한 것 같으면 스스로 심장을 깨워 그 고동 소리를 들어야 한다.

오늘,

인어를 만났어요

글은 단순하게 쓰는 일이 가장 어렵다. 작가라면 미사여구를 동원해 글을 쓰는 것은 그다지 어려운 일이 아니다. 나 역시 이십 대 초반에 신춘문예로 등단해 자칭 언어의 연금술사로 행세할 만큼 화려하고 감각적인 문체를 자랑했다. 번역을 하면서도 나만의 특징적인 문장을 구사하려고 힘썼다. 독자의 심금을 울리는 부사와 형용사를 곳곳에 배치하면서.

그러나 나는 안다, 중첩된 수식어나 멋진 묘사 없이 글쓰는 것이 더 어렵다는 것을. 지금은 글을 쓴 다음 부사와 형용사들을 지워 나가는 것이 마지막으로 하는 일이 되었다. 편집자에게도 원고 교정 시 수사적인 표현을 가능한 한 덜어 내라고 요청한다. 주제는 빈약하고 표현만 현란한 작가로 남는 것만큼 두려운 일은 없다.

한글의 2만여 개 부사와 형용사를 나열한다 한들 그것이 글의 진정성을 심화시켜 주지는 않는다. 진실하지 않다면 그 단어들이 무슨 소용인가? 또 진실하다면 굳이 그런 수식어들이 왜 필요한가? 마찬가지로, 사람은 자신의 있는 그대로를 보여 주는 일이 더 어렵다. 상대방에게 깊은 인상을 남기고 스스로의 에고를 만족시키기 위해 자신을 멋지게 과장하기란 오히려 쉽다.

사람은 자신에게 없는 것일수록 있는 척한다. 부족하거나 결여된 것일수록 많이 가진 것처럼 과시한다. 세속의 일만이 아니다. 명상이나 요가 수행이 깊지 않은 사람일수록 자신이 수행한 햇수를 내세운다. 내가 아는 수도승은 출가 이후 평생을 하안거, 동안거마다 선방에서 지냈으나 그 사실을 입에 올리는 적이 없다. 다만 여름과 겨울이면 그가 지금 선방에 앉아 있겠구나, 하고 나도 따라서 허리를 바로 세우고 앉게 된다. 내면에 내세울 것이 적은 사람일수록 명품을 들고 다닌다. 진짜 무서운 사람은 아무것도 필요없는 사람, 오직 모를 뿐인 사람이다.

고요한 밤이 되어 낮 동안 내가 풀어 놓았던 말들이 돌아오는 시간이면, 혹은 생의 마지막에 이르러 일생 동안 내가 쓴 문장들이 소환되는 시간이 되었을 때도 부끄럽지 않을 수 있어야 한다. 좋은 글은 가슴에 새겨지는 점자처럼 다가온다. 생텍쥐페리가 말했듯이, 더 이상 덧붙일 게 없을 때가 아니라 더 이상 덜어 낼 게 남아 있지 않을 때가 완벽에 이르는 순간이다.

서귀포에서 지내며 이따금 만난 김풍기 영화감독이 들려준 이야기가 있다. 오래전 어디선가 읽은 내용이라면서, 이 스토리를 바탕으로 제주에서 영화 제작을 준비 중이라고 했다. 김감독 부부 역시 몇 해 전부터 제주도 표선에 내려와 직접 지은 집에서 살고 있다. 김감독의 허락을 받아 그 이야기를 여기에 옮긴다.

바닷가 작은 섬마을에 한 청년이 살았다. 그는 날마다 사람들에게 달려와서 말했다. 오늘 아침, 인어를 만났다고.

섬에서 일생을 산 해녀와 어부들은 청년이 거짓말을 하고 있다는 것을 잘 알았다. 하지만 그도 마을 공동체 일원이고, 상상력 풍부한 것이 꼭 나쁜 것만은 아니기에 그 말을 믿는 척하며 들어 주었다.

사람들의 순진함에 청년은 신이 나서 말했다.

"놀랍게도 오늘은 인어가 나더러 자기 옆에 와서 앉으라고 했어요. 깊은 바다에서 나와서 그런지 눈동자가 너무나도 투명하고 매혹적이어서 그 눈 속으로 첨벙 빠져들 뻔했어요."

마을 사람들은 분주히 생선이나 어구를 손질하면서 짐짓 진지하게 물었다.

"그래서 어떻게 됐어? 인어공주가 뭐라고 했어?"

발꿈치 구멍 난 양말을 끌어올리며 청년은, 아직 얘기를 나눌 만큼 가까워지진 않아 그냥 서로 바라만 보고 있었다는 둥, 오늘은 인어가 자기 이름과 나이를 물었다는 둥, 인어의 하체에 묻은 해초를 털어 주는 척하며 살짝 몸을 만져 봤다는 둥 더 많은 이야기를 지어 냈다.

그러면서 인어가 만남의 소박한 증표로 엉덩이 부근의 비늘을 하나 떼어 줬다며, 갯바위에서 주워 온 정체 모를 물고기 비늘을 보여 주었다. 마을 사람들은 그것이 뱅에돔 비늘인 걸 한눈에 알았지만 신기한 듯 받아서 눈이 부시게 살펴보았다.

그렇게 청년은 자신의 배경에 늘 인어를 데리고 다녔다. 다른 사람들에 비해 현실에 뒤처지고 열등감마저 느껴지는 자신을 인어가 돋보이게 해 주었다. 어떤 날은 인어가 바닷속 여행을 함께 하자고 권유했으나 알다시피 자신은 수영을 잘 못하는 관계로 대답을 얼버무려야 했다며 아쉬워했고, 또 어떤 날은 인어가 적절한 시기에 마을을 방문해 모두와 인사 나눌 것이라면서 대대적인 환영식을 준비해야만 할 것이라고 분위기를 띄웠다.

어느 날, 사람들은 날마다 인어 이야기로 시작해 인어 이야기로 끝나던 청년이 그날은 인어와의 만남에 대해 아무 말도 하지 않고 있다는 걸 눈치챘다. 날이 저물도록 청년은 정신이 다른 곳에 가 있는 것처럼 바위에 혼자 멍하니 앉아 있었다.

마침내 마을 이장이 청년에게 다가가 물었다.

"인어와 무슨 일이 있었던 거야? 인어가 오늘은 나오지 않았어? 아니면 인어와 헤어졌어?"

청년이 천천히 고개를 저으며, 여전히 다른 세상에 가 있는 얼굴로 말했다.

"오늘, 정말로, 인어를 만났어요."

어떤 세계를 진실로 경험하면 말을 잃는 법이다. 많은 말을 하는 사람은 그것을 깊이 경험하지 않았거나 말을 꾸며 내는 것일 가능성이 크다. 글이든 깨달음이든 종교든 다르지 않다. 장황하게 자신을 포장하거나 교묘히 말을 만드는 자는 거짓의 능력자일 뿐 진실과는 거리가 멀다. 말을 하지만 의미 없는 말과, 의미는 있지만 말할 수 없는 말이 있다.

"내 언어의 한계는 내 세계의 한계이다. 말할 수 없는 것에 대해서는 침묵해야 한다."

언어에 대해 고찰한 철학자 비트겐슈타인의 명언이다.

진정으로 경험하는 순간 정신에 빛이 스며들어, 말의 유희를 벗어나 깊어지고 겸허해진다. 진실이 우리 안에 숨 쉬고 있기 때문이다. 자기 자신과 침묵만이 거주하는 공간이 생겨난다. 자신에게로 돌아오라는 의미가 이것이다.

우리 모두는

도움이 필요하다

한 남자가 슈퍼마켓에서 물건을 사고 자신의 차가 주차되어 있는 곳으로 걸어갔다. 차 가까이 갔을 때 누군가가 다가와 옆에 멈춰 서는 기척을 느꼈다. 고개를 돌려 쳐다보니 부랑자 차림의 노숙자였다. 집도 직장도 없고 물론 차도 없어 보였다. 몇 푼의 돈을 구걸할 것이라 예상했는데, 뜻밖에도 그는 말했다.

"차가 아주 멋지네요!"

멈칫하며 남자가 말했다.

"아, 감사합니다."

그리고 몇 초 망설이다가, 혹시 도움이 필요하느냐고 물었다.

그 노숙자의 대답은 평생 잊을 수 없는 말이었다.

"우리 모두 그렇지 않은가요?"

그 한마디에 남자는 깨달았다. 그 자신도 도움이 필요했다. 돈이 있고, 잠잘 곳 있고, 직장이 있지만 자신 역시 때때로 도움을 필요로 한다는 사실을 부정할 수 없었다. 아무리 넉넉한 재산과 성공을 누리고 있다 해도 우리 모두는 도움이 필요하다. 남자는 지갑을 꺼내, 가진 돈을 노숙자에게 건네 주었다. 먹을 것과 그 날 밤 잘 곳을 위해.

자만은 '나는 누구의 도움도 필요 없다.'이다. 그리고 겸손은 '나는 다른 존재의 도움 없이는 살아갈 수 없다.'이다.

이십 대 후반, 뭄바이 근처 아쉬람에서 잠시 머물 때, 나는 여러 가지 문제로 내면이 엉망이었다. 실재하는 문제도 있었지만 마음이 지어낸 가공의 문제도 많았다. 그 가공의 문제들이 더 가공스럽게 정신을 괴롭혔다. 아열대 태양 아래 있으면서도 먹구름이 드리워진 것처럼 정신이 암울했다. 아침마다 입자 굵은 안갯속을 걸어 아쉬람으로 향할 때면 내가 발견하지 못하는 출구가 과연 존재하기나 한 것인지, 삶을 살아 보기도 전에 이대로 세상으로부터 실종되는 것은 아닌지 두려웠다.

무엇이 기쁘고 무엇이 슬픈지조차 알 수 없었다. 남인도 음식을 먹어도 다른 외국인들처럼 '탄성을 지를 만큼' 맛있지 않았고, 사람들이 줄 서서 사 먹는 저먼 베이커리(독일 빵집)의 오래된 계피 뿌린 빵은 독일에 대한 이미지를 나쁘게 만들 뿐이었다. 내 심리 상태를 더욱 악화시킨 것은, 아쉬람에 있는 수백 명의 외국인 산야신(수행자) 중에서 나 혼자만 마음의 문제에서 헤어나지 못하고 있다는 자각이었다. 길에 널린 소똥, 개똥, 사람 똥을 유독 나만 밟아 싸구려 샌들에 묻히고 다니는 형국이었다.

나만 제외하고 모두가 평화롭고, 자유롭고, 충만해 보였다. 다정하게 포옹하며 서로를 어루만져 주고, 번민과 고통을 초월한 미소들은 닮고 싶어질 정도였다. 음악이 들리면 다들 자연스럽게 춤추었으며, 가부좌를 하고 명상하는 모습들은 깨달음에 이미 도달한 것이나 다름없었다. 눈에 보이는 날개만 없을 뿐 다 천사들이었다. 반면에 나는 부러진 날개를 철사로 묶어 땅에 끌면서 스스로 왕따당한 아이처럼 걸어다녔다. 내 그림자조차 나에게 지쳐 있었다.

하루는 아쉬람 밖의 서점을 가다가 더위를 견딜 수 없어 근처 카페로 들어갔다. 맛없는 커피 마시기 싫어서(솔직히는 돈이 넉넉하지 않아서) 친구 기다린다고 둘러대고, 눈 큰 인도인 점원 눈치를 보며 웃옷 출렁여 에어컨 바람을 옷 속에 집어넣는데 구석 자리에 앉은 여자가 눈에 들어왔다.

오래전 일을 세세히 기억하는 이유는 그때 적어 놓은 일기 덕분이기도 하지만, 나에게는 그만큼 충격적인 장면이었다. 그녀는 울고 있었다. 두 손으로 얼굴을 감싸고 어깨를 들썩이며 드러내놓고 흐느꼈다. 닦을 겨를도 없이 눈물이 흘러내려 두 테이블 떨어진 곳에 앉은 내 발을 적실 정도였다(상황을 실감나게 묘사하기 위해 조금 과장한 것임). 그리고 보니 눈 큰 점원이 힐끔거린 대상은 공짜 에어컨 바람 쐬는 내가 아니라 그녀였다.

금발머리에 붉은 고동색 산야신 드레스 입은 그녀를 지켜보고 있을 수만은 없어, 다가가서 들썩이는 어깨를 가볍게 다독여 주었다. 내 손길에 고개를 처든 그녀는 놀랍게도 아쉬람 안에서 내가 가장 동경한, 누구보다 우아하고 평화로운 미소를 짓던 사람이었다. 내가 그녀처럼 가식 없이 밝을 수 있다면, 그녀처럼 마음의 문제에서 해방될 수 있다면 세상으로 돌아가 아무 문제 없이 잘 살 수 있을 것 같았었다.

그런 그녀가 자신을 위로해 주는 내 팔에 콧물을 문지르며 흐느끼고 있었다. 그러면서 자포자기한 상태로 중얼거렸다.

"내 삶은 엉망진창이야. 차라리 이대로 끝내는 게 나아."

그녀의 아픔과 고통이 무엇인지는 더 이상 말하지 않아 알 수 없었지만, 나는 깊이 공감하며 한 번도 빨아 입지 않은 옷소매로 그녀의 눈물 콧물을 흥건히 닦아 주었다. 그녀의 슬픔이 전염되어 나까지 가슴께가 뻐근했다.

동시에 역설적이게도 나는 큰 해방감을 느꼈다. 나만 문제가 있는 게 아니었던 것이다! 나만 우울하고, 나만 불행하고, 나만 소똥 밟은 것이 아니었다. 우리는 같은 여행을 하고 있는 동지들이었다. 단지 누구는 더 멋있게 꾸미고, 누구는 더 빛나 보이고, 누구는 더 긴 손가락으로 브이 자를 그리며 타지마할 배경의 사진을 찍을 뿐이었다. 웃는다고 해서 슬프지 않다는 뜻은 아니다.

그것이 내가 일종의 포모 증후군FOMO Syndrome에서 놓여난 첫 순간이었다. 다들 잘나가고, 일 잘하고, 자유롭게 삶을 즐기고 있는데 자신만 뒤처지고 소외되어 있다는 착각에서 벗어난 것이다. 그 깨달음이 나에게 자유를 주었다. 누구도 예외 없이 우리 모두는 도움이 필요한 존재이다. 때문은 옷소매일지라도 눈물을 닦아 줄 이가. 아무 감정적 고통이 없고 삶에 아무 문제가 없다면 왜 먼 나라의 명상 센터에 와서 있겠는가.

삶은 한 가지 장르로 나뉘어질 수 없다. 희극, 비극, 낭만, 스릴러, 공포극, 모험극이 한 편의 소설에 혼합되어 있다. 자신에 대한 절망 없이는 자신에 대한 사랑도 없다. 결함은 아름다움으로 가는 통로가 된다.

카프카가 말했다.

"당신이 내 앞에 서서 나를 바라볼 때, 당신은 내 안에 있는 슬픔에 대해 무엇을 알고 있고 나는 당신의 슬픔에 대해 무엇을 알고 있는가?"

다른 사람이 지금 어떤 일을 겪고 있는지, 그들이 말하지 않는 전체 이야기가 무엇인지 우리는 정확히 알지 못한다. 완벽하게 미소 지은 얼굴과 멋진 요가 포즈 뒤에서 그들이 어떻게 서로의 정강이를 걷어차고, 어떤 불만과 생의 피로감이 드리워져 있는지 이쪽에서는 보이지 않는다. 하지만 그것들이 그곳에 있다. 왜냐하면 그것이 삶이기 때문이다.

나는 그녀 프렘(힌디어로 '사랑')이 가식적인 사람이었다고 말하는 게 아니다. 우리는 가슴 한복판에 멍이 들도록 온갖 감정에 세게 두들겨 맞지만, 그럼에도 불구하고 빛나려고 애쓰는 존재들이라는 것이다.

어둠마저 환하게 비출 아름다운 미소를 가진 그녀가 스스로 생을 끊으면 태양계의 큰 손실 아닌가. 그녀의 잦아드는 슬픔을 마저 달래 주기 위해 나는 당당한 목소리로 눈 큰 점원에게 시원한 망고 후레시 주스 한 잔을 시켰다. 그녀는 아픈 기억의 여운이 남아선지 고개를 저으며 끝내 마시지 않았다. 결국은 내가 빨대 소리가 나도록 다 마시는 수밖에 없었다. 몸속까지 시원하고, 내가 마셔 본 최고의 망고 주스였다. 내가 프렘을 한 팔로 부축하고 나오며 주스 값을 내려고 하자 점원은 "노 프라블럼!" 하고 손까지 내저으며 한사코 받지 않았다. 고마운 친구였다. 보라, 우리 모두 도움이 필요하며 또 도움을 줄 수 있지 않은가!

심리학자이며 명상 교사인 잭 콘필드가 샌프란시스코의 큰 강당에서 3,000명의 청중이 모인 가운데 연민에 관한 강연을 한 적이 있다. 질의응답 시간에 한 젊은 여성이 자리에서 일어나 몇 주 전 자신의 남편이 자살한 일로 인한 마음의 고통을 토로했다. 심한 슬픔과 혼란, 죄책감과 분노, 상실감과 두려움이 그녀의 이야기에서 드러났다. 그녀가 말을 마치자 잭 콘필드는 연민심을 느끼며 청중에게 물었다.

"이곳에 있는 분들 중 가족이나 가까운 사람의 자살을 경험한 분이 있으신가요?"

그러자 200명이 넘는 사람들이 일어났다. 서로를 바라보는 순간, 그곳에 있는 모든 사람은 마치 거대한 사원에 있는 것처럼 서로에게 연민의 정을 느꼈다. 우리는 혼자가 아닌 것이다.

당신 책을 읽다가 졸려서
베고 잤다

처음부터 번역 일을 할 생각은 아니었다. 학교를 졸업하고, 인생을 어떻게 살아갈 것인지 모색하던 중 라즈니쉬(훗날 오쇼로 이름을 바꿈)와 크리슈나무르티를 비롯한 영적 스승들의 가르침을 만났다. 나를 힘들게 하는 마음의 문제들을 해결할 길이 보였다. 방황이 여행으로 바뀌는 순간이었다.

그 내적 변화가 얼마나 컸던지 전에 알던 이들이 나를 몰라볼 정도였다. 마음의 변화가 외모에서 풍기는 분위기까지 바꿔 놓은 것이다. 어둠이 가득했던 방에 밝은 전구가 켜진 것과 같았다. 물론 자주 깜박거리긴 했지만……. 그 이후 나와 같은 고뇌를 하고 있는 사람들을 위해 명상서적 번역 소개하는 일을 이번 생의 소명 중 하나로 여겼다.

내가 번역한 책들이 마음 밝히는 데 도움이 되었다는 말을 들을 때마다 자부심을 느꼈다. 한낱 번역자에 불과한데도 책 속의 사상을 나 자신의 깨달음인 양 주장한 적도 있다. 나날이 에고가 부풀었다.

나의 이력서에는 내가 지금까지 번역했거나 엮은 책들의 목록이 길게 나열될 것이다. 『삶의 길 흰구름의 길』 『달라이 라마의 행복론』 『마음을 열어주는 101가지 이야기』 『나는 왜 너가 아니고 나인가』 『티벳 사자의 서』 『인생 수업』 『술 취한 코끼리 길들이기』 『삶으로 다시 떠오르기』 『지금 알고 있는 걸 그때도 알았더라면』 『사랑하라 한번도 상처받지 않은 것처럼』 『마음챙김의 시』……(책 광고 절대 아님).

하지만, 나의 이력서에 들어갈 목록과 내가 죽었을 때 조문에 들어갈 덕목은 분명 다를 것이다. 그때는 살아 있는 동안 내 존재의 중심을 이룬 인격이 나열될 것이다. 얼마나 겸손했는가, 얼마나 마음이 넓었으며 타인과 동물을 얼마만큼 배려했는가, 인내심을 갖고 삶의 불편함을 참아 냈는가?

만약 이 목록에서 낙제 점수를 받는다면 나는 잘 산 것이 아닐 것이다. 예를 들어 얼마나 속이 좁았는가, 얼마나 공감력이 부족했는가, 얼마나 이해관계에 철저했으며, 다른 사람을 평가할 때 존재보다 능력을 더 평가했는가……. 나의 시신을 앞에 두고 그런 조문이 읽힌다면 놀라서 벌떡 일어날 것이다! 그 누구도 나보다 잘나지 않았다. 하지만 나 역시 그 누구보다 조금도 잘나지 않았다.

남아프리카 칼라하리 사막의 부시맨들과 함께 생활한 인류학자 리처드 B. 리가 전하는 일화가 있다. 연구 기간이 끝날 무렵 리는 그동안 부족민들이 베푼 호의에 보답하기 위해 축제 날에 소 한 마리를 선물하기로 마음먹었다. 한 달 전부터 소들을 살펴며 다닌 끝에 다른 부족 마을에서 550킬로그램이나 되는 거구의 황소를 발견했다. 그 지역 부시맨 150명이 배불리 먹을 수 있는 양이었다. 뿌듯한 마음으로 소 주인에게 돈을 지불하면서 축제 때까지 소를 잘 지켜 달라고 부탁했다.

리가 축제를 위해 소를 샀다는 소문이 돌자 부시맨들이 이해할 수 없는 반응을 보이기 시작했다. 한 사람씩 돌아가며 찾아와 정말로 소를 샀는지 확인하고는 그에게 말했다.

"온타, 당신은 우리가 그 삐쩍 마른 소를 먹기를 원해?"

'온타'는 부시맨 말로 '흰둥이'라는 뜻이다. 그 부근에서 가장 큰 소라고 설명해도 소용없었다.

"온타, 여기서 3년이나 살았으면서 소에 대해 아무것도 모르다니 그저 놀랍기만 하군. 소가 크다고 살이 많은 게 아니라는 것쯤은 누구나 알아."

"온타, 왜 그런 실수를 한 거야? 그 늙어빠진 소로는 이 지역 부시맨은 고사하고 한 가족도 제대로 먹일 수 없어. 먹고 배탈이 나서 뒹굴지도 몰라."

한 노인은 "그렇게 적은 고기를 나누다 보면 서로 차지하려고 싸움이 일어날 수도 있을 것."이라고 경고했다.

사태의 심각성을 깨달은 인류학자는 다시 살찐 암소를 구하러 동분서주 다녔지만 허사였다. 결국 축제일이 되어 그 '늙고 삐쩍 마른' 소를 대접하는 수밖에 없었다. 그는 부시맨의 방식대로 사람들을 모아 놓고 말했다.

"나는 뭘 잘 모르는 사람입니다. 내가 잘못해서 너무 늙고 야윈 소를 고르긴 했지만, 아무쪼록 즐겁게 드시길 바랍니다."

그런데 막상 소를 잡고 보니 '뼈밖에 없어서 국이나 끓여 먹어야겠다.'던 사람들의 말과 달리 고기의 양이 어마어마했다. 부족민 전체가 춤을 추며 이틀 밤낮을 배불리 먹었다. 아무도 배고픈 채 귀가하지 않았고, 싸움도 일어나지 않았다. 그러나 인류학자가 다가가면 사람들은 여전히 "소가 너무 말라 아무짝에도 쓸모없다."라거나 "온타가 형편없는 판단력을 갖고 있다."라는 등 떠들며 웃어 댔다. 조롱당하는 것 같아 자존심이 상했다.

며칠 후, 부시맨 문화를 잘 아는 이웃 부족 남자로부터 뜻밖의 설명을 듣고 인류학자는 정신이 번쩍 들었다. 수렵 생활을 하는 부시맨들에게 동물은 지방과 단백질의 중요한 공급원이다. 따라서 큰 동물을 사냥한 사람은 우쭐해지고, 자기가 추장에 버금가는 대단한 사람이 된 양 행동하기 쉽다. 자만과 교만은 다른 이들을 자신보다 못한 존재로 여기고, 언젠가는 누군가를 해칠 수도 있다는 것을 부시맨들은 경험을 통해 잘 알았다. 그래서 누군가가 큰 사냥감을 잡아 오면 "아니, 이렇게 살이 없고 뼈만 많은 걸 옮기려고 우리를 고생시킨단 말야? 정말 한심하군. 형편 없는 사냥감인 줄 알았다면 아예 오지 않았을 텐데." 하고 말한 다는 것이었다. 마음에 자만심이 깃들지 않게 하기 위해서다. "이 보잘것없는 사냥감 때문에 내 좋은 하루를 망치다니! 그냥 집에 있었더라면 배는 고프겠지만 최소한 시원한 물을 마실 순 있지 않았겠나." 하고 투덜거리면서.

사냥한 사람 자신도 "내가 아주 큰 놈을 잡았어!" 하고 허풍 쟁이처럼 말하지 않는 것이 관습이었다. 침묵한 채 있다가 다른 사람들이 "오늘 숲에서 뭘 보았나?" 하고 물으면 그제서야 조용 히 대답했다.

"특별한 것은 발견하지 못했어. 쬐그마한 놈 하나 겨우 잡았을 뿐이야."

그러면 사람들은 가만히 미소 지었다. 왜냐하면 그 말은 그가 아주 큰 놈을 잡았다는 것을 의미하기 때문이었다.

부시맨들과 생활하면서 그 인류학자는 종종 자신만이 문제를 해결할 수 있다고 생각했었다. 또한 그는 담배를 구해 줄 수 있 는 유일한 사람이었다. 다시 말해 자만심에 차 있었으며, 부족 사람들은 그런 그에게 겸손의 미덕을 가르친 것이다. 황소를 선 물함으로써 자신이 얼마나 훌륭한 사람인가를 보여 주려다가 뜻밖의 교훈을 얻었다. 부시맨들은 그를 깨우쳐 주기 위해 익살극을 훌륭하게 연기했다.

지금도 나는 새로운 명상서적 한 권을 번역 중이다. 내 번역은 얼마나 서툴고 형편없는가. 생생하게 살아 있는 문체이기는커녕 살점을 다 발라낸 뼈처럼 무미건조하다. 그런데도 독자가 '누워서 읽다가 졸려서 베고 잤다.'라거나 '읽었지만 제목과 내용이 기억나지 않는다.'라거나 '책이 두꺼워 냄비 받침으로 사용하면 안성맞춤.'이라고 하면 왜 에고가 상처 입고 움푹 파인 그루터기처럼 얼굴 표정이 변하는가? 그 말들을 부시맨들의 익살극 속 대사로 새겨들어야 하지 않은가? '나'의 많은 부분을 차지하고 있는 것들은 사실은 진정한 '나'가 아니다.

*

이 글을 페이스북에 게재했더니 다음과 같은 댓글들이 달렸다.

'학창시절에 당신 시집을 읽다가 시가 너무 형편없어서 아직까지 외우고 있다.'

'『마음을 열어주는 101가지 이야기』는 눈만 버렸지만, 지금도 마음이 메마르면 어쩔 수 없이 펼쳐 본다.'

'당신의 재미없는 글이 내 일생을 지배하고 있다.'

'당신의 그렇고 그런 신작을 기다린다. 다른 읽을 책이 없어서 하는 수 없이 읽겠다.'

'이번 글 역시 먹을 게 없군. 뼈만 덩그러니 있고. 에구, 배불러라.'

'당신 때문에 나쁜 독서에 빠졌다. 23년 전 스무 살 즈음에 당신이 번역한 책 모두 읽어야 했던 독서 편식에 빠지게 한 미운 작가. 아직도 나쁜 짓을 하고 있군.'

'오늘따라 글이 너무 보잘것없어서 하트 하나만 누르고 간다.'

'지금 당신의 글을 화장실에서 읽고 있음. 심심해서 읽는 중.'

'『나는 왜 너가 아니고 나인가』는 두꺼워서 베고 자기나 좋다. 『삶으로 다시 떠오르기』는 뻔한 이야기 천지이고.'

새는 노래를 갖고 있기 때문에
노래한다

동화와 현실 중간에서 살아가는 듯한 외국인 친구가 서울에 와서 한 달 남짓 머물렀다. 이틀에 한 번씩 만나 함께 일한 후 점심을 먹고 시내를 산책했다. 겨울 끝자락이었지만 기록적인 한파가 연일 이어졌다. 걷는 것을 좋아하는 나도 히말라야 추위는 아무것도 아니라며 장갑 낀 손으로 귀를 녹였다.

그런데 이 친구는 귀가 빨개졌는데도 연신 감탄하며 "하늘 좀 봐! 정말 파란색이야!" 하고 말하는 것이었다. 움츠렸던 고개를 빼고 올려다보니 찬 공기 때문인지 독특한 파란색이었다. 목이 긴 나는 추위가 파고들어 얼른 펭귄처럼 움츠렸지만, 그 친구는 혹한 따위는 아랑곳하지 않고 우리가 인사동을 한 바퀴 돌고 조계사 경내를 지나 안국동과 정독도서관 앞뜰을 거쳐 삼청동과 가회동 쪽으로 긴 순례를 하는 동안 한국의 겨울 하늘이 지닌 아름다운 블루 컬러를 계속 예찬하는 것이었다.

그 친구 덕분에 강렬하게 파랗지도 않고 흐리게 파랗지도 않은, 무심하게 우주 공간을 투영하는 듯한 파란색을 자주 바라볼 수 있었다. 하늘의 아름다움을 자각하는 순간 추위가 훨씬 견딜 만해졌다.

하늘에 대한 것은 단편적인 예에 불과하다. 그 친구는 매사에 그런 식으로 모든 일과 사물들 속에서 아름답고 기쁜 요소를 발견했다. 한번은 버스가 늦게 와서 한참 기다리게 되었는데 미안해서 택시를 타자고 하는 내게, "언제 다시 올지 모르는 거리에 더 오래 서 있게 돼 기쁘다."라고 말해 나를 놀라게 했다. 제주대학교에 일이 있어서 아침에 비행기를 타고 갔다가 저녁에 올 예정이었는데, 폭설로 발이 묶이자 '신이 준 선물'이라며 좋아했다. "생각대로 되지 않는 건 정말 좋은 일이야. 생각지도 못했던 일이 일어나니까."라고 말하는 동화 속 소녀 같았다. 그래서 함께 일을 하는 데도 즐거움이 따랐다. 에고의 주장이나 설득이 불필요했다.

그런 사람은 자주 그리워진다. 말뿐만 아니라 내면 깊은 곳에서 삶을 기쁘게 받아들이기 때문이다. 그 친구가 떠난 후에도 '하늘 좀 봐. 정말 파란색이야!' 하는 목소리가 귓가에 들리는 듯해 자주 하늘을 올려다보게 되었다. 저 파란색을 갖지 못한 사람은 그만큼 마음이 가난해질 것이라는 생각이 들었다.

미국 소설가 엘리너 포터의 명작 『폴리애나Pollyanna』의 주인공 소녀 폴리애나는 불행한 삶 속에서도 매 순간 '다행한 일 찾기'를 한다. 열한 살에 고아가 되어 자신을 탐탁지 않게 여기는 노처녀 이모 집에 얹혀살게 된 폴리애나는 매일 '다행이다'라고 말할 수 있는 것을 찾는다. 대저택 같은 집에서 좁고 퀴퀴한 다락방이 주어지지만 전망이 좋아서 그림 같은 경치만 봐도 정신 수양이 되어서 다행이라거나, 방에 거울이 없어도 주근깨 난 얼굴을 안 봐도 되어서 다행이라고 말한다. 기차역으로 자신을 마중 나와 주지 않은 이모에 대해서는 이모와의 만남을 기대하는 일이 좀 더 연장되어서 다행이라고 여긴다. "다행이야."는 폴리애나가 불우한 삶을 견디는 만트라이다.

폴리애나는 이것을 '기쁨 찾기 놀이'라고 하고, 주변 사람들에게도 그 놀이를 함께할 것을 권한다. 아무리 불행한 상황일지라도 기뻐할 무언가를 찾는 놀이이다. 그렇게 해서 얼음장처럼 차가운 이모의 가슴을 녹이고, 평생을 병상에 누워 지내야 하는 가난한 부인, 고립감에 빠진 미망인, 가정 불화로 이혼 직전까지 이른 부부 등 상처가 있어서 마음이 닫힌 사람들에게 삶의 기쁨을 선사한다.

기쁨 찾기 놀이는 억지로 지어낸 자기 위안이 아니라 삶을 전체적으로 보는 시각이다. 정신의학자 아들러가 말하듯이, 인간은 자극에 반응만 하는 반응자가 아니라 그 자극에 대해 창조적 결정을 하는 행위자이다. 사람들이 있는 데서 자신도 모르게 방귀를 뀌면 '똥을 싸지 않은 게 정말 다행이야.'라고 생각하는, 누구도 꺾을 수 없는 긍정적인 정신(!), 단호한 낙관주의는 행복에 없어서 안 되는 요소이다. 우리가 의식하든 의식하지 못하든 고난을 지탱하는 것은 기쁜 일을 발견하는 마음이다.

인도 라자스탄 지역의 샴푸라라는 시골을 여행한 적이 있다. 바나스 강이 흐르는 오지 쪽으로 갔더니 열다섯 채 정도의 흙으로 지은 오두막이 나타났다. 지도에 이름조차 없는 마을로, 사람들이 우호적이고 다정했다. 그리고 내가 지금까지 본 가장 행복한 여인들이 살고 있었다. 폭 1.2미터, 길이 4미터의 긴 천으로 된 사리옷을 몸에 두르고 있었는데, 독특한 풍습이 있었다. 그녀들은 강으로 나가서 사리를 절반은 몸에 두른 채 절반만 풀어서 물에 빨았다. 그런 다음 그 절반을 몸에 두르고 나머지 절반을 풀어 세탁하는 것이었다.

부끄럽게도 나는 그것이 그 마을 풍습이 아니라 그들에게 사리옷이 한 벌밖에 없기 때문에 고안해 낸 빨래 방법이라는 것을 나중에야 알았다. 그런데도 그들은 연신 웃음을 터뜨리고 아열대 새처럼 즐겁게 떠들어서 이방인인 나도 강물에 퍼지는 사리 천처럼 행복감에 물이 들었다. 노래 부를 일이 없다고 많은 이들이 말한다. 하지만 시인 마야 안젤루가 말했듯이, 새는 해답을 갖고 있어서 노래하는 것이 아니라 노래를 갖고 있기 때문에 노래하는 것이다.

'사람들은 죽는 것을 원하지 않는다. 죽으면 더 이상 불평할 수 없기 때문이다.'라는 말에 나는 동의한다. 긍정적인 감정이 좌뇌에서 간단히 처리되는 반면에 부정적인 감정은 우뇌에서 훨씬 많은 분석과 사고 과정을 거친다고 뇌신경학자들은 말한다. 그래서 우리는 행복한 감정보다 불쾌한 감정과 사건을 묘사할 때 더 논리적이고 강한 말들을 사용한다. 그리고 그렇게 발달한 우뇌는 부정적인 것을 발견하는 일이 습관이 된다. 그것이 인간 뇌의 자연스러운 현상이라 할지라도 우리에게는 선택권이 있다. 동화가 필요한 순간이 바로 그때이다. '학자처럼 공부하고 동화의 주인공처럼 살라.'는 말은 소중한 금언이다.

타인의 문제는 노 프라블럼,
나의 문제는 빅 프라블럼

갠지스 강변 바라나시에서 장기간 머물 때, 한 인도인 남자가 자주(실제로는 하루도 빠짐없이) 나를 만나러 왔다. 우리는 짜이를 마시거나 전속력으로 배달해 온 뜨거운 사모사(감자, 콩, 양파 등을 잘게 다지고 향신료를 섞어 속을 채운 인도식 만두)를 먹으며 얘기를 나누었다. 나는 작가로서 그 지역 사람들의 삶에 관심이 많았고, 대대로 그곳에서 나고 자란 그에게서 다양한 이야기를 들을 수 있었다.

라시(얼음과 향료를 섞은 요구르트 음료) 가게의 며느리가 정체불명의 병으로 몇 년째 앓아 누워 있는 사연, 초코파이와 한국 라면도 파는 구멍가게 주인의 비밀 연애, 외국인을 대상으로 전통 향수와 오일을 판매하는 남자가 쌍둥이라서 형제가 번갈아 가며 똑같은 옷을 입고 가게에 앉아 있어도 손님들이 잘 모른다

219

는 사실, 믿기지 않는 일이지만 문맹임에도 여행사를 운영하며 '곤니치와, 이랏샤이마세' 두 문장을 배워서 일본어에 능통한 것처럼 속여 대학 졸업한 여성과 결혼에 성공한(여자 입장에서는 속아서 결혼한) 불가사의한 남자, 전기 공사를 하다 사다리에서 떨어져 일을 못 하게 되었지만 매일 집에 누워 있다 보니 아이를 열 명이나 만든 가난한 뱅골인 남자……

영화보다도 생생하고 인상적인 사건들과 삶의 애환을 들으면서 소설가가 아닌 나 자신을 한탄하기도 하고 슬픈 사연에는 연민의 감정이 일기도 했지만, 그 인도인 남자는 그럴 때마다 이 세 가지를 말했다.

"노 프라블럼!"

"그 사람의 업보야."

"걱정할 일이 아니야. 신이 도와줄 거야."

물론 그는 태어날 때부터 힌두교인이라서 신의 섭리를 믿고, 과거의 행위가 지금의 삶에 영향을 미친다는 카르마 법칙을 신뢰한다. 그 법칙을 받아들이면 모든 일이 노 프라블럼, 즉 문제없음이다. 악당 같은 집주인이 터무니없이 올리는 월세를 감당하지 못해 강가에서 비닐 천막을 치고 생활하는 가족도, 서른다섯 살이나 많은 한국 여성과 결혼했다가 마침내는 알코올 중독자가 되어 돌아온 28세 청년도, 아내가 무슬림 조폭과 눈이 맞아 집에서 쫓겨난 남편이 어린 딸을 데리고 살면서 사원 앞에서 가짜 사두 행세를 하며 생계를 잇는 일도 다 업보이고 노 프라블럼이었다.

만날 때마다 격하게 포옹하는 바람에 남들 눈에 둘도 없는 친구가 된 그가 하루는 아침 일찍 내 숙소로 달려왔다. 꿈자리가 사나워 헝클어진 머리를 쓸어 넘기며 방문을 열자 그는 안으로 들어올 새도 없이, 전날 저녁 자신의 아내가 자전거 릭샤를 타고 가다가 트럭에 부딪쳐 한쪽 다리 뼈가 두 군데나 부러졌다고 했다. 간신히 집까지 오기는 했지만 당장 큰 병원에 가야 한다는 것이었다.

그를 안으로 들어오게 해 꿀물(아무래도 설탕이 절반인 가짜 꿀)을 한 잔 타서 먹인 다음 내가 말했다.

"걱정하지 마. 노 프라블럼이야. 너의 아내는 카르마의 결과로 다리가 부러진 거야. 네가 늘 말했듯이, 우파르 왈라(저 위쪽에 있는 친구, 즉 신)가 도와주실 거야."

나는 아직도 이해할 수 없다. 그 순간 그 친구의 표정이 왜 그토록 완벽한 무신론자의 얼굴로 바뀌었는지. 다른 사람이 겪는 불행과 아픔에 대해서는 굳세게 "노 프라블럼, 신이 도와줄 거야"를 외치던 장본인이 신의 섭리를 전혀 믿지 않는 표정이었다. 결국 우파르 왈라는 나를 시켜 그의 아내 다리의 깁스 비용을 내게 했으며, 그는 이 모든 은총이 우파르 왈라 덕분이라고 신에게 감사해했다. 그래서 나는 살짝 기분이 나빴지만 완전히 틀린 말은 아니었다.

　노 프라블럼이 향할 곳은 나 자신이다. 노 프라블럼은 다른 사람이 아니라 자기 자신에 대해서만 적용해야 한다. 그때 그 노 프라블럼은 가슴에서 피는 꽃이 된다. 다른 사람의 불행에 대해서는 '마치 신이 존재하지 않는 것처럼 도와줘야 한다.'는 가르침만큼 종교적 진리는 없다. 다리가 부러진 사람에게 다가가 위로하는 얼굴로 "노 프라블럼! 신이 도와주실 거예요." 하고 말하고 지나간다면 그 사람을 두 번 부러뜨리는 것이다. 그때 그는 신뿐만 아니라 당신에게서도 멀어진다. 화살 맞은 사람은 일단 화살을 빼 줘야 한다. 화살을 맞을 수밖에 없는 업보를 토론한다면 화살을 몇 개 더 꽂는 일이다.

　타인의 문제에 대해 "노 프라블럼!"을 외치는 일만큼 쉬운 일이 없다. 그리고 자신의 문제에 대해 "노 프라블럼!"을 외치는 일만큼 어려운 일이 없다. 혹시 나는, 타인의 큰 문제는 노 프라블럼이고 나의 사소한 문제는 빅 프라블럼이라고 하면서 살아오지 않았는지.

　'나 자신의 일에는 노 프라블럼, 타인의 일에 대해선 깊은 공감을.' 이것을 그 친구가 실천했다면 우리 둘이 나눠 먹는 짜이와 사모사가 더 맛있었을 것이다(그것과 상관없이 진짜 맛있었다. 지금도 입에 군침이 돈다). 우리가 타인의 상실과 아픔을 공감해 줄 수는 있어도, 그것이 얼마나 깊고 아픈지 가늠하기는 어렵다.

늦게 아들을 얻은 남자가 있었다. 세상을 다 준다 해도 바꾸지 않을 아들이었다. 그 아들이 열병을 앓다가 갑자기 숨을 거두었다. 남자는 충격이 커 울음을 멈출 수 없었다. 그 어떤 위로도 소용없었다.

마을의 수행자가 찾아와 남자에게 말했다.

"아드님의 죽음은 신의 뜻입니다. 울음을 그치세요. 영혼은 영원하며 결코 죽지 않습니다. 이 육신은 옷과 같아서 죽음은 우리가 옷을 갈아입는 것과 같아요. 아드님은 계속 살아 있고, 다시 만나게 될 거예요."

어느 날 남자는 그 수행자의 집을 지나가게 되었다. 많은 사람들이 모여 있어서, 남자가 물었다.

"무슨 일이 있나요? 왜 걱정스러운 표정으로 모여 있지요?"

누가 대답하기도 전에 집 안에서 목놓아 우는 소리가 들렸다. 다름 아닌 그 수행자의 울음소리였다. 안으로 들어간 남자는 슬픔을 못 이겨 울부짖는 수행자를 발견했다.

남자가 조심스럽게 물었다.

"선생님, 왜 이렇게 울고 계시죠?"

수행자가 눈물을 훔치며 말했다.

"나는 지금까지 2년 동안 폐결핵을 앓았소. 의사가 염소 우유를 마시면 회복될 거라고 해서 염소를 한 마리 사서 매일 우유를 마셨소. 정말 사랑스러운 염소였소. 그런데 오늘 그 염소가 갑자기 죽고 말았소."

남자가 믿을 수 없다는 듯 물었다.

"죽은 염소 때문에 우는 건가요? 내 아들이 죽었을 때는 울지 말라고 조언하지 않았던가요? 영혼은 영원하며 옷을 갈아입듯이 죽음도 겉으로 보이는 현상일 뿐이라고. 그런데 염소의 죽음 때문에 이렇게 통곡하다니, 도무지 이해가 가지 않는군요."

수행자가 화를 내며 말했다.

"그 죽음과 이 죽음은 엄연히 다르오. 죽은 아들은 당신의 아들이고, 이 염소는 내 염소란 말이오!"

그러고는 다시 꺼억꺼억 울기 시작했다. '나의 것'이라는 생각이 울음을 만든다.

모든 싸움은

비겁하다

어렸을 때 같은 동네에 내 또래 남자아이가 있었는데, 뚜렷한 이유도 없이 내가 눌려서 지냈다. 눌렀다기보다 나를 보기만 하면 주먹 휘두르는 시늉을 하며 겁을 줘서 싸움을 해 보기도 전에 내가 지는 쪽으로 운명이 정해져 있었다. 어려서는 한번 기를 제압당하면 전세를 뒤집기 어렵다. 특히나 여자아이들 보는 데서 나를 갈궈서 반장인 내 체면이 말이 아니었다. 주먹은 세지 않아도 내가 새총 쏘는 데는 일가견이 있어서, 새총으로 선제공격을 해 볼까도 생각했지만 비겁한 것 같아서 그만두었다.

하루는 동네 앞 강에 갔는데, 녀석이 물속에서 자맥질하다가 강둑을 걸어 내려오는 나를 발견하고는 또다시 주먹질을 해 보이는 것이었다. 무슨 애정결핍인지 도무지 알 수 없었다. 여름이어서 강가에는 같은 반 여자아이들도 있었다. 더 이상 반장 체면이고 뭐고 따질 상황이 아니었다. 나는 재빨리 녀석이 벗어 놓은 옷과 신발을 전부 주워서 하류 쪽으로 달려가 강물에 던져 버렸다. 그때는 어렸고 시골이라서 수영복은커녕 팬티도 입지 않고 강에 뛰어들 때였다.

승부는 이미 결정 난 거나 다름없었다. 녀석이 욕을 해대며 물 밖으로 헤엄쳐 나와서 나에게 달려왔지만, 그제서야 자신이 나체인 것을 알아차렸다. 여자아이들이 놀라 쳐다보고 있어서 두 손으로 자신의 치부를 가려야만 했으니 그냥 나한테 두들겨 맞는 수밖에 없었다. 물이 줄줄 흐르는 머리통을 이리저리 후려갈 기고, 신발 신은 발로 녀석의 볼록한 둔부를 가격했다. 그 결과 여학생들에게 희한한 반장이라는 인상이 박혔지만, 녀석은 나한테 완전히 기가 눌려 그다음부터 나만 보면 시선을 피했다.

모두가 가난한 형편인데 그 친구가 옷가지와 신발을 건졌는지는 기억에 남아 있지 않다. 단, 그 일이 있은 후에 나는 언제 반격을 당할지 몰라 절대로 나체로 강에 뛰어들지 않았다. 옷과 신발을 힘들게 치켜들고 강 건너편으로 가서 안전하게 모셔 두고 수영을 했다. 지구는 어렸을 때부터 생존이 쉽지 않은 별이다.

비겁했다. 나는 옷을 다 입었으면서 상대방의 벌거벗은 상태를 노려 내가 우월한 것처럼 공격했다. 지금이라도 만나면, 물에 불은 조막만 한 손으로 급소를 가리고 반쯤 웅크린 아이를 인정사정없이 공격한 철부지 짓에 대해 용서를 구하고 싶다.

이 세계 안에 비겁하지 않은 싸움, 비겁하지 않은 공격이 과연 존재하는가? 외부 세력의 침략과 불의에 맞서 투쟁하는 경우를 제외하고 모든 싸움과 공격은 비겁하다. 흉기를 휘둘러 무방비 상태의 사람들을 죽이는 것만큼 비겁한 행위는 없다. 비겁하기 때문에 무기와 미사일과 군대에 의존하는 것이다. 독재자들은 용감한 척할 뿐이며 실제로는 가장 비겁한 인간의 전형이다.

정치인들을 보라. 승리하기 위해 거짓 선동을 해서라도 상대방을 발가벗기려고 시도한다. 정정당당한 싸움에서는 질 것이 뻔하기에 비겁하고 야비한 방법을 선택한다. 그리고 자신은 발가벗겨지는 것이 두려워 끝까지 거짓의 옷으로 치부를 가린다.

한 수행자가 갠지스 강변에서 명상에 잠겨 있었다. 그가 앉아 있는 곳에서 멀지 않은 곳에 빨래가 직업인 남자가 아침마다 빨래를 하는 장소가 있었다. 그날도 위탁받은 세탁물을 당나귀 등에 산더미처럼 싣고 와서는 바닥에 부려놓고 일을 시작했다. 비누칠한 옷들을 둘둘 말아 물가의 평평한 돌에 힘껏 내리쳤다.

한참 동안 쉬지 않고 일을 한 빨래꾼은 잠시 숨을 돌리고 싶었다. 하지만 물가에서 풀을 뜯고 있는 당나귀가 걱정된 그는 강둑에 하릴없이 앉아 있는 수행자를 발견하고 소리쳐 말했다.

"내가 짜이 한 잔 마시고 오는 동안 당나귀를 부탁해요."

그런 다음 강둑을 올라가 찻집으로 향했다.

얼마 후 다시 강으로 내려온 빨래꾼의 눈에 당나귀가 보이지 않았다. 그는 급히 수행자에게 다가가며 소리쳐 물었다.

"당나귀가 어디로 갔지?"

빨래꾼의 고함 소리에 수행자가 눈을 뜨고 물었다.

"무슨 일인데 고함을 치는가?"

빨래꾼이 다시 소리쳤다.

"무슨 일이냐고? 당나귀를 잠깐 봐 달라고 부탁했는데 사라지고 없잖아. 내 당나귀가 대체 어디로 간 거야?"

수행자가 어처구니없어 하며 말했다.

"네 눈에는 내가 너의 당나귀나 봐 주는 사람으로 보이나? 내가 신의 길을 걷는 수행자라는 것이 안 보이나?"

빨래꾼도 물러서지 않았다.

"당신이 여기 앉아서 하는 일 없이 빈둥거리고 있을 때 내 당나귀를 지켜봐 달라고 부탁했잖아."

모욕을 당한 수행자는 머리끝까지 화가 치밀었다.

"뭐라고? 내가 하는 일 없이 빈둥거린다고?"

그렇게 해서 두 사람 사이에 격한 실랑이가 벌어졌다. 수행자가 먼저 빨래꾼을 밀쳤고 빨래꾼이 몸을 피하면서 수행자를 앞으로 자빠뜨렸다. 욕설이 오가고 헛발질과 주먹질이 난무했다.

싸움은 일방적으로 흘렀다. 오랜 노동을 통해 근육이 단련된 빨래꾼이 채식주의자에 제대로 먹지도 못한 수행자를 찍어 눌렀다. 수행자는 버둥거리면서 신의 이름을 부르며 도움을 청했지만, 아무리 불러도 신은 무응답이었다.

언제 나타났는지 당나귀가 내려다보는 동안 주위 사람들이 뜯어말려 싸움이 끝났다. 빨래꾼은 당나귀를 데리고 가고, 얼굴에 피멍이 든 수행자는 힘없이 앉아 신을 원망했다. 이때 신이 그의 눈앞에 현현했다.

신을 보자 그는 울부짖으며 말했다.

"저 무식한 빨래꾼에게 얻어맞으면서 애타게 부를 때는 왜 오지 않으셨나요? 평생을 당신에게 헌신했는데, 왜 수모를 당하게 내버려 두셨나요?"

신이 말했다.

"내 아들아, 그대가 나를 부를 때 나는 곧바로 달려왔다. 그런데 두 사람이 똑같이 서로에게 주먹을 날리며 싸우고 있어서 누가 수행자이고 누가 빨래꾼인지 도무지 분간할 수 없었다. 분노에 찬 모습이 둘 사이에 아무 차이가 없었다. 그래서 나는 생각했다. 두 빨래꾼이 싸우게 그냥 둬서 자체적으로 문제를 해결하게 하자고."

자기 앞에 놓인 길을 볼 수 있다면
자신의 길이 아닐 가능성이 크다.
아마도 자신의 길로 여긴
타인의 길일 것이다.

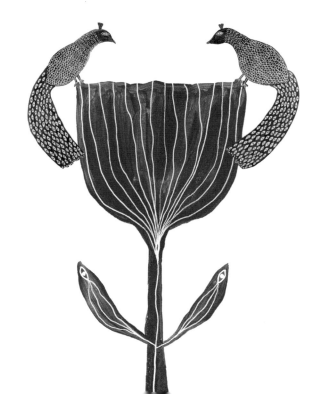

바닷가재는 스물일곱 번
허물을 벗는다

　젊은 날의 한 달을 다 바쳐 읽은 신화인류학자 제임스 프레이저의 명저 『황금가지*The Golden Bough*』에는 남태평양 바누아투 군도에 사는 멜라네시아인들의 신화가 채록되어 있다. 태초에 신은 인간을 죽지 않는 존재로 창조했다. 불사의 비결은 이것이었다. 나이가 들고 노쇠해지면 인간은 정기적으로 낡은 몸을 허물처럼 벗고 젊은이로 거듭났다.

　노파가 된 한 여인이 늙은 몸을 벗으러 과거에도 여러 번 그랬듯이 숲의 강으로 갔다. 일설에 의하면 그녀는 모계사회 부족의 족장 울타마라마였다. 그 이름은 '세상의 허물을 벗기는 자'라는 뜻이다. 그녀는 강으로 걸어 들어가 몸의 허물을 벗었다. 그리고 그 허물이 물에 떠내려가다가 하류에 떠 있는 나뭇가지에 걸리는 것을 지켜보았다.

그녀가 젊음을 되찾은 모습으로 돌아오자, 집에 있던 딸이 그녀를 알아보지 못했다. 딸은 아름다운 젊은 여성을 낯선 이방인 보듯 쳐다보며 물었다.

"당신은 누구예요?"

자신이 엄마라고 말하자 딸은 놀라 달아나며 소리쳤다.

"아니야, 당신은 나의 엄마가 아니야. 나의 엄마는 그런 모습이 아니야."

아무리 이해시키려 해도 소용없었다. 자신보다 젊어 보이는 엄마의 얼굴과 피부에 처녀인 딸은 울면서 화를 내고 괴로워했다. 결국 딸을 안심시키기 위해 울타마라마는 강으로 돌아가서 나뭇가지에 걸린 자신의 쭈글쭈글한 허물을 건져 다시 뒤집어 썼다. 그녀가 늙은 모습을 되찾아 돌아오자 딸은 크게 안도하며 "엄마, 우리 엄마!" 하면서 그녀를 받아들였다. 그 후 인간은 허물 벗기를 중단하게 되었고, 그때부터 불사의 능력을 잃고 시한부 인생을 살게 되었다고 신화는 말한다.

프레이저의 설명에 따르면 초기 인류는 허물 벗기가 불멸을 준다고 믿었다. 호주 북부의 파푸아뉴기니 섬과 솔로몬제도의 부족들, 북부 보르네오 섬의 두순 족, 그리고 동아프리카의 부족들도 비슷한 내용의 신화를 가지고 있다. 그들의 이야기 속에서 신은 세상을 창조하는 일을 마친 후 이렇게 선언한다.

"허물을 벗어던지는 자는 누구든 죽지 않으리라."

신화는 놀랍도록 종종 우리 자신의 이야기이다. 신화 속 사건들은 단순한 상상이 아니라 인간 존재가 처한 조건에 대한 은유이다. 일상의 삶이 너무 안전하거나 자신을 구속할 때 신화 속 영웅은 낡은 자아를 벗어던지고 새로운 자아를 찾아 나선다. 그때 그에게 주어지는 보상은 영원한 생명이다.

우리가 탈피해야 하는 '허물'은 무엇인가? 굳어진 생활 습관, 고정관념, 익숙한 방식, 믿음 등이다. 이 허물들은 주기적으로 벗지 않으면 단단한 껍질로 굳어져 성장을 가로막는다.

허물 벗기에는 고통이 따른다. 역설적이게도 우리의 변화를 가장 두려워하는 이는 가까운 이들이다. 그들은 우리가 허물을 벗어던지고 나타나면 우리의 새로운 자아를 알아차리지 못할 뿐 아니라 그것을 받아들이기를 거부한다. 그리고 이전의 모습으로 돌아오라고 충고한다. 만약 당신이 누군가의 아내이고 엄마라면, 당신이 새로운 존재로 거듭났을 때 남편과 아이는 그것이 당신 본래의 모습이 아니라고 소리치며 주장할 것이다. 아이는 자신에게 익숙한 모습으로 돌아와 달라고 울며 애원한다. 만약 당신이 누군가의 자식이라면, 부모는 허물 벗기 같은 허황된 소리는 집어치우고 당신이 안정된 자리를 지키기를 원할 것이다. 당신을 심리상담소로 데려갈지도 모른다.

그들을 기쁘게 하고 갈등을 피하기 위해 당신은 벗었던 허물을 다시 뒤집어쓰고 과거의 모습으로 돌아갈 것이고, 그들은 박

수치며 환영할 것이다. 하지만 한번 벗었던 허물은 쭈글쭈글해져서 딱 맞지 않는다. 팔 길이와 다리 길이가 맞지 않는 몸으로 당신은 살아가게 된다. 프레이저조차도 노파가 신이 준 불멸을 포기하고 딸을 위해 늙은 허물을 다시 뒤집어쓰자 "얼마나 큰 희생인가!" 하고 탄식한다.

고아나 다름없던 한 여성은 학교 졸업 후 온갖 직업을 전전하다가 정신의 갑갑함을 느끼고 새 삶을 시도하기로 결심했다. 자신이 가진 물건들, 아끼던 옷과 책까지 팔아 여비를 마련해 내가 소개한 인도의 명상 센터로 떠났다. 모두가 무모하다고 말렸지만 과거를 벗어던지고 미지의 길을 선택했으며, 몇 년이 지난 지금 요가 강사를 하며 여행을 이어가고 있다. 내가 아는 한, 그녀의 여정은 모퉁이마다에서 허물 벗는 과정이었다. 그리고 그때마다 영혼이 재탄생하는 것을 느꼈다. 영원히 산다는 것은 매 단계마다에서 새롭게 산다는 형이상학적인 표현이다.

우리가 랍스터라고 부르는 바닷가재는 딱딱한 껍질 안에서 사는 부드럽고 말랑말랑한 생명체이다. 그 딱딱한 껍질은 절대로 커지지 않는다. 바닷가재가 성장함에 따라 그 껍질이 몸을 점점 조여 오고, 당연히 바닷가재는 매우 불편한 상황에 놓이게 된다. 그렇게 되면 바닷가재는 포식자의 위험으로부터 자신을 보호할 수 있는 안전한 바위 밑으로 들어간다. 그곳에서 자신의 껍질을 벗고 새로운 껍질을 만든다.

하지만 바닷가재는 계속 성장하기 때문에 얼마 지나지 않아 그 껍질마저 불편해진다. 그러면 또다시 바위 밑에서 껍질을 벗고 새로운 껍질을 만든다. 이 과정을 스물일곱 번 반복한다. 자신도 모르게 계속 자라고 있었기 때문에 바닷가재는 전에는 자각하지 못하던 압박감과 불편함을 느끼게 되고, 이 불편함이 탈피와 성장의 계기가 되는 것이다. 자신의 그러한 느낌을 부정하고 원래의 일상으로 돌아간다면 성장을 멈추는 것이 된다.

랍비이며 정신과 의사인 아브라함 J. 트워스키는 이 바닷가재 이야기를 하면서, 만약 바닷가재에게 의사가 있다면 불편함을 느끼자마자 의사에게 가서 신경 안정제를 처방받아 먹고 기분이 괜찮아질 것이라고 정곡을 찌른다. 그래서 통증이 있음에도 결코 자신의 껍질을 벗지 않을 것이며 절대로 성장하지 못할 것이라고.

통증을 치유하는 유일한 방법은 통증을 외면하지 않는 것이고, 그 통증을 거치면서 성장하는 일이다. 트워스키 박사는 말한다.

"불편함과 갑갑함을 느끼는 시간들은 당신이 성장할 시기가 되었음을 알려 주는 신호이다. 이 역경을 제대로 활용하면 그것을 통해 성장할 수 있다."

자기 앞에 놓인 길을

볼 수 있다면

여행자들 사이에 오가는 이야기가 있다. 다섯 명의 여행자가 론리 플래닛 가이드북을 들고 사막지대를 도보로 횡단하는 중이었다. 붉은 사암으로 이루어진 독특한 풍경을 감상하며 걷느라 길을 잃었다. 벌써 도착했어야 할, 그들이 향하고 있는 마을은 어디에도 보이지 않았다. 지도는 방향을 알고 있을 때만 유용할 뿐 방향 감각을 잃었을 때는 쓸모가 없다. 앞서 지나간 이들의 발자취를 살폈으나 사방으로 이어진 낙타 발자국뿐이었다.

가이드북에 얼굴을 파묻고 있던 사람이 말했다.

"왼쪽으로 가야만 해. 내 직감이 그쪽으로 가라고 말하고 있어. 내 직감은 항상 옳았어."

그는 배낭끈을 조이고 왼쪽 방향으로 떠날 준비를 했다.

또 다른 사람이 신발끈을 고쳐 매며 말했다.

"아냐, 오른쪽으로 가야만 해. 길을 잃었을 때 오른쪽 방향으로 가야 실패할 확률이 적다고 점성학 책에 적혀 있었어."

세 번째 사람은 지도를 든 손으로 정면을 가리키며 말했다.

"엉터리 철학은 믿지 마. 길을 잃으면 무조건 똑바로 가야만 하는 거야. 여행 성공 사례들을 몰라? 우왕좌왕하면 더 방향을 잃게 돼."

앞으로 돌진하려는 그를 붙잡으며 네 번째 사람이 말했다.

"다들 무모하게 운에 맡기려 하는군. 이럴 때는 왔던 곳으로 돌아가야만 해. 그것이 가장 안전한 길이야."

이때 그들 중에서 가장 지혜로운 척하는 다섯 번째 사람(특히 나 같은)이 말했다.

"여기서 어리석게 낙타똥이나 밟으면서 논쟁하지 말고 나를 따라와. 내가 길을 보여 주겠어."

그는 무리를 데리고 근처의 높은 사암 언덕으로 기어올라 갔다. 언덕 정상에 이르자 저 멀리 마을이 보이고 초록이 어른거렸다. 일행은 환호성을 질렀다. 그리고 지름길을 택해 목적지로 향했다.

당신도 나처럼 이렇듯 해피엔딩으로 끝나는 이야기를 좋아하겠지만, 사실 이 결론은 내가 지어낸 것이다. 실제 이야기는 다음과 같다.

왼쪽으로 떠난 첫 번째 사람은 몇 번 방향을 잃은 끝에 한 무리의 상인을 만났다. 그들과 함께 낙타를 얻어 타고 여러 마을을 여행하며 현지 언어를 익히고, 무엇과도 바꿀 수 없는 의미 있는 시간을 보냈다. 태양의 뜨거운 열기로부터 보호해 준 핑크색 터번은 그 여행이 준 선물이었다.

오른쪽 방향으로 떠난 사람 역시 길을 헤매며 사막의 밤을 지배하는 맹수들과 싸우고 황무지의 새벽 풀잎에서 물방울을 받아 마셨다. 그 경험을 통해 자기만의 생존법을 익혔다. 점성학 책에 의존하던 섬약한 정신은 몰라보게 강한 영혼으로 거듭났다. 그리고 여행 도중에 정신적으로 교감할 수 있는 평생의 동반자를 만났다.

적진을 향해 돌파하듯 정면으로 나아간 사람도 자신의 예상과 달리 먼 길을 돌아야만 했다. 직선거리라고 생각했던 것이 실제로는 우회로였고, 어떤 경우에는 우회로가 가장 가까운 직선거리였다. 계획에 없던 길을 만날 때마다 돈으로 살 수 없는 값진 경험을 했다.

안전을 찾아, 자신이 왔던 길로 방향을 되돌린 사람도 다르지 않았다. 도중에서 한 무리의 수상쩍은 여행자들을 만났고, 그들은 '우물쭈물'이라는 별명을 가진 그에게 모험 가득한 삶을 선사하기 위해 나타난 신의 메신저들이었다. 그들에게 끌려 다니면서 뼈 빠지는 고생을 했으며, 빠진 뼈를 다시 맞추는 방법을 터득했다.

삶을 멀리 내다보는 시야를 얻기 위해 언덕으로 올라간 사람은 어떻게 되었는가? 그가 오른 언덕은 멀리 내다보기에는 아직 너무 낮았거나 신기루에 불과했다. 그래서 그는 더 올라가야 했고, 자기 타협을 통해 그곳에 안주할까도 생각했지만 계속 더 올라갔으며, 지금도 계속 올라가는 중이다. 그러면서 차츰 깨닫고 있다. 잘못된 여행은 없으며, 모두가 각자의 여행을 통해 자기 앞의 생을 살아가고 있다는 사실을.

이것은 옳고 그름에 관한 것이 아니다. 자신의 길을 여행하고 자신만의 경험을 하는 것에 관한 이야기이다. 각자의 길보다 옳고 진실한 여행은 없다. 목적지에 관계없이 여행은 그 자체로 보상이다. 우리가 어떤 방향을 계획하든 삶은 다른 길을 준비해놓고 있다.

게스트하우스 옥상 카페에서 두 여성이 다음 행선지를 놓고 격론을 벌였다. 그러다가 두 사람은 여행 경험자로 보이는 나에게 조언을 구했다. 나는 그들이 후보로 정한 장소를 여행했었지만 중립적인 의견만 말할 수 있을 뿐이었다.

다음 날 아침에 보니, 한 여성은 배낭을 메고 떠났고 다른 여성은 그대로 남았다. 남은 여성은 나를 볼 때마다 조언을 구했다. 마음이 이끄는 대로 떠나는 것이 어떻겠느냐고 권했더니 그녀는 드문 기회를 얻어서 온 여행을 실패하고 싶지 않다고 했다. 누구나 그렇듯 인생에 남는 여행이 그녀의 목표였다.

나는 새로 낼 책 원고를 마무리하느라 그 장소에 오래 머물러야만 했는데, 어느 날 그녀의 친구가 돌아왔다. 떠날 때와 몰라보게 달라져 있었다. 외모와 옷차림도 그러했지만(땟국물로 꼬질꼬질했다) 무엇보다 그녀가 발산하는 에너지가 히말라야 산중에서 나부끼는 오색 타르초(기도 깃발)처럼 싱그럽고 자유로웠다. 그녀가 네팔에 갔을 때는 지진이 일어나 건물들뿐 아니라 자신의 삶 자체가 흔들리는 경험도 했다. 더 멀리 갈수록 더 많이 본다는 것을 그녀는 깨달았다. 아마도 세월이 더 지나면 사람들은 그녀에 대해 '이 사람이 봐 온 세상은 터무니없이 넓다!'라고 느낄 것이다. 스스로 가두지만 않으면 인간 존재는 그렇게 끝없이 확장될 수 있다.

나는 곧 그 도시를 떠났기 때문에 그 후 두 사람이 어떤 여행을 펼쳐 나갔는지 알지 못한다. 낯선 여행을 주저하던 여성도 '잘못된 여행은 없다'는 것을 깨닫고 배낭끈을 단단히 여미고 떠났을 것이다. 훗날 자신의 여행을 뒤돌아볼 때, 망설이며 시간을 보냈기를 바라는 사람은 없다. 여행이 불완전한 자유라 불리는 이유는 여행은 실패의 연속이지만 그 길들이 우리를 만들어 나가기 때문이다. 실패를 포함하지 않는다면 여행이 아니다.

살아 있는 동안 우리는 계속해서 사는 법을 배우고, 여행해 나가면서 여행하는 법을 배운다. 이상한 나라에 도착하기 전에 앨리스는 토끼 굴 속으로 추락해야 한다. 생각과의 싸움으로 보내기에는 삶은 너무 짧다. 걱정은 상상력을 잘못 사용하는 것이다. 마음보다 가볍게 여행해야 한다. 마음의 무거움이 자신을 짓누르지 않도록.

사람마다 다른 문제지를 가지고 있다는 것을 깨닫지 못하고 다른 사람들을 따라 하기 때문에 우리는 그 시험에 실패한다. 시인 데이비드 화이트는 말한다.

"자기 앞에 놓인 길을 볼 수 있다면 그 길은 자신의 길이 아닐 가능성이 크다. 아마도 자신의 길로 여긴 타인의 길일 것이다. 자신의 길은 한 걸음씩 내디디면서 알아가야 한다. 영혼은 그 여행 자체를 좋아한다."

입술은 마지막으로 발음한
단어를 보존한다

몇 해 전 세상을 떠난 앨리스 카하나는 헝가리 출신의 유대인 화가이다. 열다섯 살 때 독일군에 의해 가족 전체와 함께 아우슈비츠 수용소로 끌려갔다. 그녀는 그곳에서 살아남은 몇 안 되는 생존자 중 한 명이다. 전쟁 후 미국으로 이주해 텍사스 주에서 살며 화가로 활동했다.

그녀에게 일생 동안 마음을 떠나지 않은 뼈아픈 기억이 한 가지 남아 있었다. 수용소로 이송되면서 그녀는 강제로 부모와 분리되었고, 여덟 살 남동생을 책임지게 되었다. 다시 트럭에 실려 어느 장소에 도착했을 때, 그녀는 아래를 내려다보고서야 동생이 신발을 한 짝만 신고 있는 것을 발견했다. 도중의 어딘가에서 다른 한 짝을 잃어버린 것이다.

누나가 어린 동생에게 흔히 하듯이 그녀는 부주의한 동생을 나무라며 소리쳤다.

"넌 왜 그렇게 바보 같니! 너 자신의 물건 하나도 제대로 못 챙기니?"

누구라도 그렇게 말할 수 있는 일이었다. 더구나 갑자기 밀어닥친 혼란과 비극 속에서 모두가 신경이 불안하고 날카로워져 있었다. 하지만 그것이 그녀가 동생에게 한 마지막 말이 되고 말았다. 곧바로 동생은 다른 트럭으로 끌려갔고, 그 후 다시는 만날 수 없었다.

반세기가 지난 후에도 앨리스 카하나는 마음의 구멍을 메울 수 없는 그 아픈 기억을 이야기하며 눈물지었다. 아우슈비츠에서의 사건 이후 그녀는, 자신이 누군가에게 하는 말이 그 사람에게 한 마지막 말이 될지도 모른다는 사실을 절대로 잊지 않으리라고 다짐했다.

폴란드의 아우슈비츠 전시관에 가면, 그곳에서 희생된 어린아이들의 신발이 쌓여 있는 곳을 지나갈 때가 가장 슬프고 고통스럽다고 한다. 카하나의 남동생도 그곳 가스실에서 숨졌다.

어떤 것이 진실과 사실이라는 이유로 우리는 서로를 지적하고 비난하는 말을 주저하지 않는다. 그리고 그 내용은 서로의 관점에서 대부분 옳다. 하지만 또 하나의 중요한 사실을 외면하지 않아야 한다. 그것이 그 사람에게 하는 마지막 말이 될 수도 있다는 것을. 그 기억이 오래도록 자신을 아프게 할 수도 있으며, 나아가 다른 인간관계까지 공허하게 만들 수도 있다는 것을.

십 년 넘게 내 책의 교정을 담당한 편집자 A가 고등학교 다닐 때의 일이다. 같은 반에 다른 학생들과 어울리지 못하는 친구가 한 명 있었다. 결손 가정에서 자라 늘 말이 없고 슬픈 얼굴을 한 친구였다. 그래서 A는 점심 때마다 그 친구를 옆으로 불러 함께 도시락을 먹었다. 그렇게 하지 않으면 도시락을 책상 위에 꺼내 놓고도 고개만 숙이고 있을 뿐이었다.

학년이 바뀌어 다른 반이 되어서도 둘은 변함없이 점심 도시락을 함께 먹었다. 그러다가 A에게도 예기치 않은 혼란기가 찾아왔고, 감당하기 힘든 괴로움과 내면의 전투를 벌이는 와중에 친구의 우울한 얼굴까지 마주하기 어려웠다. 그래서 어느 날 점심시간에 도시락을 들고 찾아온 그 친구에게 차갑게 말했다.

"나도 힘들어. 그러니까 이제부턴 너 혼자 먹어."

얼마 지나지 않아서 그 친구는 학교를 그만두었다. 그리고 어딘가로 사라져 연락이 끊어졌다. 대학에 들어가 그때의 일을 후회하며 연락처를 수소문했지만 닿지 않았다. 그냥 집을 나가 버렸다는 소문만 들을 수 있을 뿐이었다. 유일하게 의지가 되어 준 사람이 갑자기 냉정한 말을 했을 때의 상처가 그 친구를 세상으로부터 더 멀어지게 만들었다는 생각을 지울 수 없었다.

A는 그 이야기를 하며 눈물을 쏟았다. 다시 그때로 돌아갈 수만 있으면 절대로 그 말이 마지막 말이 되게 하지 않을 것이라

고. 너무나도 바보 같은 짓이었다고. 우리는 그때의 두 소녀가 사춘기 시절이었음을 잊어서는 안 된다.

삶의 끝에 서면 마음 아픈 바보짓들을 회상하며 우리는 더 나은 인간이 되어 있을까? 가시는 그것을 들고 있는 사람을 먼저 찌를 수도 있다. 다른 사람을 상처 입혀서 스스로의 상처를 낫게 할 수 있는 사람은 없다. 왜 세상의 묘비는 모두 차가울까?

『달라이 라마의 행복론』의 공동 저자인 정신과의사 하워드 커틀러가 달라이 라마에게 약간의 유머를 곁들여 물었다.

"당신은 살아오면서 후회되는 일이 있었나요?"

달라이 라마는 정색을 하며 "그런 적이 있었다."라고 대답하고는 그 일을 이야기했다.

"은둔 수행을 하던 노승이 있었습니다. 그는 가르침을 받기 위해 나를 찾아오곤 했습니다. 사실 나보다 깨달음이 높은 사람이어서 그냥 의례적으로 나를 찾아왔을 것입니다. 하루는 그 노승이 나에게 높은 차원의 어떤 수행법에 대해 물었습니다."

달라이 라마는 별 생각 없이 노승에게 "그것은 힘이 드는 수행법이기 때문에 젊은 사람이나 할 수 있다."라고 말했다. 그리고 전통적으로 십 대 중반에 그 수행을 시작한다고 덧붙였다.

"그런데 얼마 후 나는 그 노승이 스스로 목숨을 끊었다는 소식을 들었습니다. 젊은 몸으로 다시 태어나 그 수행을 더 효과적으로 하고 싶었던 겁니다……."

커틀러는 깜짝 놀라며, 그 소식을 들었을 때 마음이 무척 아팠겠다고 말했다. 달라이 라마는 슬픈 표정으로 고개를 끄덕였다. 커틀러는 달라이 라마에게 그 후회스러운 마음을 어떻게 끝낼 수 있었는지 물었다.

달라이 라마는 생각에 잠겼다가 말했다.

"나는 그 감정을 끝내지 못했습니다. 아직도 내 마음에 남아 있는걸요."

그리고 잠시 멈췄다가 말을 이었다.

"하지만 후회하는 마음이 아직 있더라도, 그것은 나를 짓누르거나 과거에 얽매이게 만들지는 않습니다. 후회스러운 감정이 내가 최선을 다해 사는 데 방해가 된다면 그것은 어느 누구에게도 도움이 안 될 것입니다."

인간의 입술은 마지막으로 발음한 단어의 형태를 보존한다고 한다. 상대방에게 하는 마지막 말도 입술의 형태로 그 사람 가슴에 남을 것이다. 자신도 알지 못하는 사이에 누군가에게 한 마지막 말은 무엇이었을까? 헤어진 후에도 남는 그 말은? 영어의 '말word'과 '칼sword'이 같은 단어를 가진 것은 우연이 아니다. 그 둘을 잘못 사용할 때 같은 결과를 낳는 것도.

문제를 발견하는 문제

삶에 대해 늘 불평하는 제자가 있었다. 인간은 생로병사뿐만 아니라 온갖 문제에서 벗어날 수 없으며, 그것들이 삶을 불행하게 만드는 원인이라는 게 그의 주장이었다. 그래서 매사에 행복하지 않았다.

어느 날 스승이 그를 불러 물 한 잔을 가져오게 시켰다. 그리고 그 물에 소금 한 줌을 타서 마시게 하고는 물었다.

"물맛이 어떤가?"

제자는 얼굴을 찡그리며 말했다.

"너무 짜서 마실 수가 없습니다."

이번에는 스승이 근처 호숫가로 그를 데리고 갔다. 그리고 맑은 호수에 똑같은 소금 한 줌을 뿌리고는 호수의 물을 한 모금 맛보게 했다. 물맛이 어떠냐고 묻자, 제자는 미소 지으며 말했다.

"시원합니다."

"짜지 않느냐?"라는 스승의 물음에 제자는 "전혀 짜지 않습니다."라고 대답했다.

스승은 제자의 손을 잡고 말했다.

"이 차이를 알겠는가? 불행의 양은 누구에게나 비슷하다. 다만 그것을 어디에 담는가에 따라 불행의 크기가 달라진다. 유리잔이 되지 말고 호수가 되라."

인생의 문제는 소금과 같다는 것이다. 소금의 양은 같지만, 우리가 얼마만 한 마음의 넓이로 그것을 받아들이는가에 따라 짠맛의 정도가 달라진다.

또 다른 이야기가 있다.

한 신참 수도사가 수도원의 육중한 문을 두드렸다. 그 수도원은 모든 수도사가 침묵 서약을 해야만 하는 곳이었다. 단, 수도원장은 수도사들에게 일 년에 한 번 말을 할 수 있게 허락하는 권한을 가지고 있었다.

새로 온 그 젊은 수도사는 침묵 규칙을 지키며 그곳에서의 생활을 시작했다. 일 년이 지난 어느 날, 수도원장이 그에게 두 단어 정도는 말을 해도 된다고 말했다.

신중하게 할 말을 생각한 젊은 수도사는 말했다.

"침대가 딱딱합니다."

수도원장은 고개를 끄덕이며 침대를 바꿔 줄 수 있는지 알아볼 테니 계속 정진하라고 격려했다.

다시 일 년이 지났을 때, 수도원장이 젊은 수도사에게 말했다.

"두 단어 정도는 말을 해도 됩니다."

수도사는 신중하게 생각한 후 말했다.

"방이 춥습니다."

수도원장은 담요를 더 가져다줄 테니 정진하라고 말했다.

또 일 년이 지나, 수도원장과 마주앉은 젊은 수도사가 말했다.

"음식이 맛없습니다."

수도원장은 음식을 개선할 방법을 알아보겠다고 말했다.

또다시 일 년이 지났을 때 젊은 수도사가 먼저 수도원장을 찾아와 말했다.

"이곳을 떠나겠습니다."

수도원장은 고개를 끄덕였다.

"어쩌면 그것이 최선인 듯하군요. 그대는 이곳에 들어온 이후 불평만 했지요."

입은 침묵하고 있었지만 내면은 불평과 판단으로 시끄러웠던 것이다. 노동과 기도, 명상, 그리고 엄격한 침묵 생활로 유명한 트라피스트 수도원에서 단 한 가지 허용되는 말은 "형제여, 우리가 언젠가는 죽는다는 것을 기억합시다."라는 말이라고 한다.

만약 침묵 수도원에서 생활하고 있는데 단 한 마디 말을 할 기회가 주어진다면, 당신은 어떤 문장을 말할 것인가? 아마도 당신이라면, 말의 소중함에 대해 충분히 알게 되었다고 답할 것이다. 그리고 또 일 년이 지나서는, 말하기 전 마음속으로 깊이 생각하는 방법을 배웠다고 할 것이다.

하지만 작가는 본질적으로 이야기꾼이므로, 주제에 충실한 이야기를 하나 더 인용해도 좋을 것이다.

한 농부가 붓다를 찾아와 말했다.

"작년에는 비가 내리지 않아서 농사를 망쳤습니다. 거의 굶어 죽을 뻔했습니다. 올해는 또 비가 너무 많이 와서 걱정입니다."

붓다는 남자의 말을 귀 기울여 들었다. 농부가 말을 이었다.

"내 아내는 좋은 여자입니다. 하지만 가끔씩 잔소리가 심해 피곤합니다. 아이들도 잘 컸지만, 나를 존중하지 않을 때가 있습니다. 또 때로는……."

남자는 그런 식으로 자신의 문제를 나열한 후, 붓다가 해결해 주리라 믿으며 답을 기다렸다. 그러나 붓다는 말했다.

"나는 그대를 도와줄 수 없다."

남자가 놀라서 물었다.

"무슨 말씀이시죠?"

붓다가 말했다.

"모든 사람이 각자 83가지의 문제를 갖고 있다. 이 문제들에 대해서는 할 수 있는 일이 없다. 열심히 노력하면 한두 가지는 바로잡겠지만, 또 다른 문제가 그 자리를 대신할 것이다. 예를 들어, 그대는 결국 사랑하는 이들을 잃을 것이고, 언제가는 죽을 것이다. 이 문제에 대해서는 누구도 할 수 있는 것이 없다."

남자가 화가 나서 소리쳤다.

"당신이 위대한 스승이라 생각했고, 나를 도와줄 것이라 믿었소. 아무 문제도 해결할 수 없다면 당신의 가르침이 대체 무슨 의미가 있소?"

붓다가 말했다.

"한 가지 해결 방법이 있긴 하다. 사실 그대가 이 모든 문제들에서 벗어나지 못하는 것은 그대가 가진 84번째 문제 때문이다."

"84번째 문제라고요? 83가지 문제로도 부족해서 나는 한 가지를 더 갖고 있단 말인가요?"

붓다가 고개를 끄덕이며 말했다.

"그렇다. 그대의 84번째 문제는 '모든 것에서 문제를 발견하는 마음'이다. 만약 그대가 이 '문제를 발견하는 문제'를 자각하고 그것에서 벗어난다면 83가지 문제들에 대해서도 놓여날 수 있다. 이것이 바로 문제를 발견하는 마음으로부터의 해방이다."

삶의 아름다움을 놓치고 있다면 혹시 뛰어난 문제 발견자이기 때문은 아닐까? 아름다움을 발견하는 눈보다 문제를 발견하는 눈을 더 크게 뜨고 있기 때문에?

끝날 때까지

끝난 게 아니다

대학 신입생 때의 일이다. 문학하는 친구와 함께 모처럼 거한 점심을 먹으러 학교 앞 경양식 집(그때는 그렇게 불렀다)에 갔다. 친구도 나처럼 난해한 책 몇 권을 늘 옆구리에 끼고 나름 지성인 폼을 잡고 다녔지만, 우리 둘 다 시골 출신이어서 어리바리하긴 마찬가지였다. 생애 최초로 들어간 양식당은 우리를 주눅들게 하기에 충분했다. 무엇보다 어두컴컴한 조명 탓에 한여름 눈부신 햇빛 속에 있다가 안으로 들어가니 거의 바닥을 더듬으며 걸음을 내디뎌야 했다. 그 친구와 나는 연극부 단원이어서 어두운 무대에 익숙한데도 싸구려 선글라스를 쓴 나한테는 치명적이었다.

흰 셔츠에 나비넥타이를 맨 웨이터의 팔꿈치를 잡고서 테이블을 찾아 '느긋한 자세로' 앉은 우리는 붉은색 조명 아래 희미한

메뉴판에서 뭐가 뭔지 모르지만 신중하게 오므라이스를 골랐다. 거듭 말하지만 우리 둘 다 시골 출신이었고, 오므라이스라는 이름부터 생소했다('오므라이스'는 원어 '오믈렛 라이스'가 일본식 발음의 영향을 받아서 생긴 명칭). 하지만 지성인답게 보들레르와 랭보와 카뮈를 큰 소리로 이야기함으로써 건너편 더 어두컴컴한 구석 테이블에서 수상하게 얼굴을 포갠 남녀를 주눅들게 하기에 충분했다.

이윽고, 어두운 막을 열고 등장한 조연 배우처럼 웨이터가 자신의 와이셔츠보다 더 뽀얀 커다란 접시 두 개를 우리 앞에 내려놓았다. 잘 아는 척하면서 흘낏 보니 희멀건한 국물 같은 것이 담겨 있었다. 잠시 머뭇거리던 우리는 테이블에 놓인 천 냅킨에 둘둘 말린 커다란 숟가락을 들어 접시의 정체 모를 내용물을 떠먹기 시작했다.

처음 먹어 보는 양식이 그런 맛일 줄은 정말 상상하지 않았다. 느끼하기만 하고 아무 맛이 없었다. 게다가 '양식'(양이 많은 음식)이라는 이름에 걸맞지 않게 양이 너무 적었다. 하지만 뭐라 내색할 수 없어서 숟가락 소리가 나든 말든 바닥까지 긁어 먹은 후 우리는 허무하게 밖으로 나오고야 말았다. 호주머니에 있는 전 재산을 털어 터무니없이 비싼 값을 지불하고서.

친구와 나에게 오래 기억에 남은 사건이다. 지금도 가끔, 이름난 시인이 된 그 친구가 전화해서 말한다.

"그때 우리는 애피타이저만 먹고 실망해서 나왔지. 오므라이스는 구경조차 못 했어."

달랑 수프 맛만 보고서 정작 우리가 먹으려 했던 메인 음식이 나오기도 전에 불평하며 연극 무대 같은 그곳을 나온 것이다. 영문을 몰라 쳐다보는 웨이터와 얼굴 포갠 남녀를 뒤로하고서.

얼마나 허무한 일인가. 그리고 얼마나 어리석은 일인가. 혹시 이 오므라이스 이야기가 당신의 이야기는 아닐지. 어쩌면 많은 사람들이 평생 애피타이저만 먹으면서 "내가 상상한 음식이 아니야." 하고 불평하는지도 모른다. 그것으로 아직 앞에 나타나지도 않은 메인 요리를 평가하며 좌절과 실망 속에 너무 일찍 포기하는지도. 그래서 자신이 삶에게 기대하는 것뿐 아니라 삶이 자신에게 기대하는 것까지 부정하면서 희망과 화해하기를 거부하는지도. 자신을 위해 신이 준비한 멋진 메인 요리가 있는데도 불구하고.

인생

영화

지금까지 영화 한 편을 제작했습니다. 제목은 「인생*The Life*」입니다. 감독은 저 류시화이고, 주연도 저입니다. 시나리오도 물론 작가인 제가 썼습니다. 조연은 그동안 제가 만난 분들입니다. 부모님과 형제자매, 학교 교사와 친구들, 만났다가 헤어진 여성들, 함께 일했거나 여행지에서 만난 사람들, 내가 좋아하고 싫어한 이들 모두 이 영화에 출연해 주셨습니다(내 영화에서의 조연일 뿐, 그들 자신의 영화에서는 주연).

영화의 총감독은 당연히 신이며, 캐스팅도 저의 담당인 것처럼 보이나 그분에게 전권이 있습니다. 영화의 줄거리를 압축하면, 주인공의 계획대로 삶이 진행되지 않는다는 내용입니다. 그 대신 주인공이 무의식적으로 끌어당긴 일들, 의도에 없던 사건들, 우연을 가장한 만남들이 영화 곳곳에서 흥미롭게 펼쳐집니다. 주인공이 자신이 주인공이라는 사실을 자주 잊어버리는 것도 이 영화의 흥미 요소입니다. 그래서 종종 엑스트라처럼 연기하고, 방관자가 되어 행동합니다.

자신이 대본을 썼음에도 주인공은 진행되는 일들에 별로 만족해지 않습니다. 블록버스터 영화를 계획했는데 자신이 너무 소심하다거나, 내용이 지루하고 상투적이라고 실망합니다. 모든 출연 배우가 그를 존중하지는 않으며, 어떤 여배우는 그의 사랑을 저버린 채 떠나고, 몇몇 조연은 촬영을 펑크 내기까지 합니다. 그럴 때마다 그는 배우들과 스탭들, 하다못해 무대 배경과 촬영 환경에 화를 냅니다. 좋은 영화를 만드는 데 필요한 것이 충분하지 않다고 불평합니다. 그리고 다른 사람들의 영화와 비교합니다.

주인공이 감정을 조절하지 못하고 분노를 폭발하면 갑자기 순정 영화가 공포 영화나 액션 무비가 되어 버립니다. 조연들이 대본을 팽개치고 떠나기도 합니다. 등장인물들이 등을 돌리면 영화는 주인공 혼자 중얼거리고 자책하는 모노드라마가 됩니다. 하지만 그는 자신의 주인공 역을 포기할 수 없기 때문에 영화는 계속됩니다. 어떤 상황에서도 대역이 불가능한 것이 이 영화의 특징입니다.

영화 속에서 주인공의 영적 스승 역할을 맡은 인물이 주인공에게 이야기합니다.

"공사 현장에서 일을 하는 남자가 점심시간이 되자 몹시 기분이 나빠졌어. 집에서 싸 온 도시락에 치즈 샌드위치가 들어 있었거든. 남자는 화가 나서 소리쳤어. '난 치즈 샌드위치가 싫어!' 그는 점심으로 날마다 치즈 샌드위치를 먹어야 하는 상황이 얼마나 지겨운지 동료에게 하소연했어.

'이 맛없는 치즈 샌드위치 때문에 병이 날 지경이야.'

연민심을 느낀 동료가 야채 토마토 샌드위치를 나눠 주었지만 남자는 사양하며 불행한 얼굴로 자신의 샌드위치를 먹었어.

다음 날 점심 시간에 도시락을 여니 또 치즈 샌드위치가 들어 있었어. 남자는 믿을 수 없다는 표정으로 소리쳤어.

'또 치즈 샌드위치라니! 이건 죽기보다 싫어!'

그다음 날도 도시락 뚜껑을 여는 순간 또 치즈 샌드위치였어. 남자는 이성을 잃을 만큼 화가 났어. 보다 못한 동료가 말했어.

'그렇게 매일 고통받을 이유가 뭐야? 치즈 샌드위치가 그토록 싫으면, 아내에게 다른 걸 만들어 달라고 하면 되잖아.'

그러자 남자가 말했어.

'무슨 말이야? 난 아내가 없어. 아직 결혼 안 했어.'

당황한 동료가 물었어.

'그럼 날마다 누가 치즈 샌드위치를 만들지?'

'내가 만들지.'

자, 말해 보게. 그대의 치즈 샌드위치는 누가 만드는가? 뚜껑을 열 때마다 안에 들어 있는 치즈 샌드위치는 그대 자신이 만든 것이라는 사실을 잊지 말게."

이 영화의 또 다른 특징은 리허설이 허용되지 않는다는 점입니다. 모든 상황과 대사가 실제 장면입니다. 연기 수업을 받은 적이 없음에도 주인공의 뛰어난 연기력은 곳곳에서 빛을 발합니다. 심지어 연기 재능 없는 연기를 하는 데도 뛰어납니다. 의사 앞에서는 진짜 환자가 되어 연기하고, 슬퍼서 울 때도 눈물 용액이 필요없습니다. 사랑에 빠졌을 때는 꽃과 선물 같은 소도구를 직접 챙기며 최선을 다합니다. 배신을 당하거나 실연을 겪은 장면에서는 오버액션하라고 지시할 필요가 없습니다.

무엇보다 즉흥 연기와 애드리브의 천재입니다. 사소한 일에 감정이 폭발할 때는 대본이 필요없습니다. 무의식적으로 연기하는 재능이 얼마나 뛰어난지, 한 장면을 연기하면서도 동시에 마음은 다른 곳에 가 있을 때가 많습니다. 아카데미 주연상을 수상하기에 손색이 없습니다.

영화 촬영이 진행되면서 차츰 그는 혹시 이 대본을 매일 자신이 창조하고 있는 것이 아닐까 의심합니다. 그리고 자신만이 앞으로의 대본을 수정할 수 있다는 것을 깨닫습니다. 히말라야 트레킹과 다르질링의 차밭, 자원봉사가 필요한 아프리카 등 다양한 로케이션 현장과 더 다양한 국적의 조연 배우들을 화면에 등장시킬수록 영화가 더 흥미진진하고 다양해지리라는 것도. 또한 이 영화 속에서 일어나는 기쁜 일과 슬픈 일, 만남과 헤어짐 전부에게 "네."라고 말해야 한다는 것도 깨달아 갑니다. 그것이 인생 영화의 주제라는 것을.

처음부터 끝까지 실화를 바탕으로 한 영화입니다. 제작 완료일은 언제가 될지 주인공인 저도 알 수 없습니다. 어디까지나 총감독님에게 달린 일입니다.

우리는 각자 원하는 것을 이 영화 속에서 찾고 있습니다. 저는 저의 영화를 만들고 있고, 당신은 당신이 주인공인 영화를 만드는 중입니다. 당신도 당신 영화의 대본 작가이면서 또 그 대본대로 연기하는 배우입니다. 세상에 하나밖에 없는 독특한 캐릭터이니 자부심 가져도 됩니다.

때로는 조연 배우들이 주인공인 당신보다 더 열연을 펼치거나, 더 멋있고 화려한 의상을 입고 등장해 당신 역이 초라해 보일 수도 있습니다. 자신이 우주의 중심인 영화인 줄 알았는데 은하계 맨 가장자리, 별로 빛나지도 않는 스타에 불과하다고 느끼며 좌절합니다. 하지만 이때 '별들도 멀리서 보면 작아 보인다.' 는 내레이션이 흐릅니다.

조연 배우들은 어디까지나 당신의 영혼을 자극하기 위해 신이 출연시킨 연기자들입니다. 결코 당신을 돋보이게 하기 위한 단역들이 아닙니다. 다행히 그들의 의상비나 출연료는 당신이 지불하지 않아도 됩니다. 하지만 너무 잘난 체하는 조연들은 당신의 영화에 출연을 취소시켜도 됩니다.

리허설도 없고 재촬영도 없는 이 영화에서 당신과 나는 감독, 주연, 조연, 엑스트라, 행인1, 행인2 등 싼 출연료로 1인 다역을 해내는 전문배우들입니다. 또한 우리는 「인생」 영화를 만들고 있는 동시에 연기력을 높이 인정받아 「업業」(영어 제목 「카르마」)이라는 영화에도 더블 캐스팅되어 출연하는 중입니다. 제작은 전량 현지 로케이션으로 계속됩니다.

조금은 우울하고 마음에 안 드는 내용 속에서 아무것도 바꾸지 못한 채 살아가는 역을 지금까지 했다면 영화의 후반부에는 대반전이 기다리고 있습니다. 지금까지는 서막이고, 이제부터 본격적인 감동 드라마가 펼쳐집니다. 어떤 장면을 찍고 있든 주인공의 눈동자가 반짝이면 됩니다. 관객은 그 눈동자에 반할 테니까요. 나는 당신의 영화가 그저 그런 엔딩이 아니라 해피엔딩으로 끝나기를 기원하고, 당신의 영화 속에 내 책 읽는 장면이 담긴다면 더 바랄 나위 없겠습니다. 저의 인생 영화에 독자로 등장해 주셔서 감사드리며, 저 역시 한 번쯤은 당신 영화에 카메오로 출연하게 되기를 바랍니다.

류시화는 시인으로 시집 『그대가 곁에 있어도 나는 그대가 그립다』『외눈박이 물고기의 사랑』『나의 상처는 돌 너의 상처는 꽃』『꽃샘바람에 흔들린다면 너는 꽃』을 냈으며, 엮은 시집으로는 『지금 알고 있는 걸 그때도 알았더라면』『사랑하라 한번도 상처받지 않은 것처럼』『마음챙김의 시』가 있다. 인도 여행기 『하늘 호수로 떠난 여행』『지구별 여행자』를 썼고, 하이쿠 모음집 『한 줄도 너무 길다』『백만 광년의 고독 속에서 한 줄의 시를 읽다』『바쇼 하이쿠 선집』과 인디언 연설문집 『나는 왜 너가 아니고 나인가』를 엮었다. 번역서로 『인생 수업』『술 취한 코끼리 길들이기』『마음을 열어주는 101가지 이야기』『달라이 라마의 행복론』『티벳 사자의 서』『삶으로 다시 떠오르기』 등이 있으며, 우화집 『인생 우화』와 인도 우화집 『신이 쉼표를 넣은 곳에 마침표를 찍지 말라』, 인생 학교에서 시 읽기 『시로 납치하다』를 썼다. 산문집으로는 『새는 날아가면서 뒤돌아보지 않는다』와 『좋은지 나쁜지 누가 아는가』가 있다.

내가 생각한 인생이 아니야

2023년 12월 21일 1판　1쇄 발행
2024년　7월 18일 1판 24쇄 발행

지은이 _ 류시화

발행인 _ 황은희·장건태
책임편집 _ 오하라
편집 _ 최민화·마선영·박세연
마케팅 _ 황혜란·안혜인
디자인 _ 행복한물고기Happyfish
제작 _ 제이오

Illustration ⓒ Nancy McKie

펴낸곳 _ 수오서재
주소 _ 경기도 파주시 돌곶이길 170-2(10883)
등록 _ 2018년 10월 4일(제406-2018-000114호)
전화 031-955-9790　팩스 031-946-9796
이메일 info@suobooks.com
www.suobooks.com
ISBN 979-11-93238-17-2　03810